1 눈물은 절대
멈추지 않는다

예술가의 책무와 인간 욕망

1 눈물은 절대 멈추지 않는다

_예술가의 책무와 인간 욕망

등자
지음

Dream
공작소

영화 시나리오

노래작사

사랑은 빛 어둠을 걷는다

색채로 읽는 언어

성경을 열다

존재가 흘리는 눈물과 웃음

텅 빈 캔버스들이 웃는다

고인 물은 썩는다

Episode 2

가난 벗어나기 어려운 땅에,
눈물은 멈추지 않는다

○

2014년 가을

표식은 포악한 자의 노트.
공포의 문은 하얗게 칠해지고, 더딘
걸음은 뒷걸음친다. 바닷가에 빠진 이는
성품을 알 길 없으나 구해져야 마땅하다.

대지에 뿌려진 낙엽 타는 소리.

선해진다는 이야기에 그만 목숨을 놓은 사람,
그이의 행방은 내일부터 알 길이 없으니
휘적이며 나대는 붉은 깃발이 고요하게 울리는 골목에 누워
바람 세찬, 숨 고르고 미움을 들국화 샛노랑에 되새겨 부른다.

○

가난 벗어나기 어려운 멍에,
눈물은 멈추지 않는다

아이가 엄마의 품에서 칭얼인다, 엄마의 배고픔이 전해져서.

아이는 가만히 있지 못하고 웅얼인다.

배고픔, 잠잘 곳, 입을 옷.

보호의 손길은 정부에서 나오는 것이 아니라

이웃들의 뜨거운 도움에서 나온다.

누구의 아이인가? 바로 우리들의 아이이다.

세계 곳곳의 가난은 닮아 있다.

눈물 한 방울 떨구며 가는 길가에 너무도 많은 핍박이

흐르고 흘러 강물이 되어 바다로 흐른다.

미움의 시선으로 멸시의 시선으로 아이들을 보지 말라.

가난은 그대로부터 시작되어 그들까지 스며든 눈물이다.

누가 손을 내밀어 밥을 주고 잠잘 곳과 옷을 주려는가?

○

가을은 낮은 곳에 흐른다

낮은 목소리에 담긴 영혼은 간결하다.
부끄러움도 없고 당당한 낮은 생명
그대의 가을이 어느 곳에도 속하지 않는 것
그것이 당연한 이야기.
차가움보다 더욱 차가운 마음에도 따스한 햇볕 색깔이 흐르니
낮은 곳에 가을이 있다.

○

겨울 나그네

시리고 시린 색채에 파랑을 더하다.

어디로 가는지 흔적을 남기지 않는 그 사람.

밝은 초록을 잠시 입혀주었는데 금세 차가워진다.

육체는 온통 불어대는 추위에 얼지만, 정신은

뜨겁게 멀리 아프리카의 사막에 닿는다.

그는 알고 있다.

자신의 그림자가 사라지지 않는 한 여행이 계속됨을.

○

그림이 시가 되고
시가 그림이 되는 날

침묵했다. 깨어나지 않을 불안, 경계의 소름
그림은 시가 되고 시가 그림이 되는 날
목숨은 질기기도 하고 꺾이기 쉬운 꽃
눈물이 마르면 다시 눈물이 쳐들어오는 시간
공허는 휘파람이 되어 사라지고, 뜻 모를
형식은 파괴되어 자유를 노래한다
언어는 색채가 되고 형태를 그린 선들은 낱말이 되어
이 한 몸에 곧바른 씨앗 땅에 뿌리를 내린다

○

꿈은 말하였다
잠이 들어 움직이지 않는 순간

코스모스 우주의 모든 별빛이 꽃에 모였다.

찰나, 폭발하는 신들의 경계

누가 앞서서 달리지만 끝없는 도착 지점이 무성한,

소문들을 생산하며 무작정 달리게 한다.

공간의 개념 시간의 개념 정신의 개념

밀집된 소리의 증폭은 따갑게 서성이다 흐르니

맨 아래 그들이 보았다.

피곤에 지친 생명의 잠은 꿈에서도 내지르는 방패

온통 두들겨 맞고만 있으나 누구도 안아주지 않는

피의 하루. 그 하루에 코스모스가 수축하여 사라진다.

사막의 모래는 보지 못했으나 바다의 모래는 보았으니

절반의 시각으로 휑한 얼굴을 그린다.

○

만추

여린 손으로 여린 정신에게 말을 건네는 밤
강함은 사라지고 단련된 어려움은 침묵한다.
길 위의 인연
길 위의 사랑
길 위의 인사
낙엽들이 불타는 계절 이 풍경의 끝에 네가 있다.
시절들을 보내고 시대들이 지나가며 손짓하는 영원
그 안에 그대 안녕을 후욱 불어본다.
색채가 가지는 추상적인 의미는 불어오는 바람에 날리고
빛이 차곡차곡 쌓여 흩어지는 당신을 본다.
얼마나 쉬운 것인가?
내가 아닌 타인을 통해 계절을 본다는 것, 느낀다는 것
잠든다는 것.
무엇을 향해 걸어가는가.

○

빈 숨

계절이 변화하는 시절 낭만은 숨을 멈추고
사랑이 식어가던 시절 마음은 비를 뿌렸다. 그건
바람의 세기가 바뀐 것도 사랑의 온도가 바뀐 것도 아닌
그냥 그렇게 흐르며 이루어진 것이었다.

빨간 해를 보고 귤빛 달을 보고 보랏빛 공기를 느껴도
육체에서 나오는 거짓되고 과장된 표현들은 점점 썩어가고
영혼이라 불리는 영원한 호흡은, 잠시 멈춘다.

기적은 믿음에서 나오지만 사랑은 이웃으로부터 나온다.

가만히 흐느끼던 새가 날아가며 밤의 사이를 가르고
조용히 눈을 감던 아기는 아침에 깨어난다.
생명은 충만한 숨을 필요로 하지만 늘 숨은 비어 있다.

○

빛은 흩어지지 않고
한곳에 모이니

노랑이 찰랑이며 붉음과 섞인다.

비가 내린 듯 서서히 움직이는 바람

세상의 모든 존재에게 묻는 아침

당신은 무엇을 위해 살아갑니까?

대답은 이내 물결이 치듯 잠시 왔다가 사라진다.

샛파랑이 응축하여 고이는 햇살 한 줌

존재를 넘어 모이는 아름다운 빛

보랏빛 소곤대는 견고한 마음에 간밤의 달빛

흩어지지 않고 아침의 해와 조우하니,

이내 슬픈 듯 미소 짓는 여린 영혼의 노래 겨워 들린다.

○

생명

끝 모를 초가 타들어 간다. 모로 누운 흔적
갈망이 붉디붉은 입술로 몸을 핥아대어도
추락하는 정신의 다시 오지 않을 청춘을 돌리지 못한다.

○

섬에 늘 바람이 분다

앞이 한 치도 보이지 않아 아예 눈을 감은 세상
유배된 각자의 섬에 꽃이 피었다
곱고도 아름다운 들꽃 이름은 바람꽃
섬에 늘 바람이 부는 건, 내가 곁에 있음을 알리는 무음이요
당신은 외롭지 않음을 알리는 신호요, 생명의 온도이다

여태껏 광인이 된 적 많으나 다시 일상으로 돌아옴은
이 섬에는 바람과 바람꽃이 항상 기다림에 그런 것이다

섬에는 바람이 불고 코끝에는 바람꽃 향기 어슬하다

○

시선 하나

당신은 자신의 의지로 살고 있는가?
바라보는 것 바라다보이는 것
모두가 실체의 중심에서 빗겨나 있음에
곧바른 시선 하나가 비틀어져 간다.
몸의 중심이 기울고 정신이 기울면,
삶의 전부가 기운다.
시선을 열고 마음을 열 때 당신의 곁에
무엇이 보이는가? 하늘은 당신의 이불이고
땅은 당신의 잠들 곳. 열다와 닫다의 차이.

○

시월

조용하고 서서히 바람에 실린다.

가야 하는 곳이 어디인지 묻지 않는 공손함,

1인칭이 눕는다. 무명이 땅에 눕는다.

계절은 비를 내리고 나는 나에게 붙는다.

오늘

자살을 하고

내일

살고자 하고

오래된 꽃밭에는 꽃이 없다. 오래된 흙들만 진흙이 된다.

○

우주에서 내리는 비

해가 찰랑이는 지상의 반대편

말할 수 없이 검은 정신이 우주로 날아간다

정신의 얼굴에 닿는 비

공간은 깨어지고 숨도 멈춘다

사랑의 뿌리보다 단단한 미움의 뿌리 그것을,

뽑아내는 비의 유순함. 잊고 있었다

이 비는 우주에서 내리는 비

부드러움과 차가움을 동시에 지닌 적색

영혼의 껍질은 비가 내린 후 온 형태를 말아 둥글어진다

○

익숙한 풍경 날 선 태양

따갑도록 아픈 태양 그 빛에 홀려본다, 풍경을.

너무나 익숙하다. 익숙함은 어제에서 흘러 오늘로 와서

다시 내일로 연결되어 단조롭지 않은 따스함을 준다.

태양이 점차 날 서고 있다. 나 자신의 몸을 태워 우주로 흘리는

그 빛에 지구의 어느 지점에 내가 서 있다.

우연은 없다. 인연이 있다면 그것은 익히 보아왔던 듯,

유혹당하며 빠져드는 반가움.

인간의 외로움이 진실로 아픈 것은 그 외로움이 전염되는 데 있

으며

그것이 너무나 익숙하기 때문이다. 태양이 더욱 날 서고 있다.

○

적멸

풍경은 검다.
얼굴은 하얗다.
검정과 하양
그 중간에는 무수한 상처들이 스며든다.

시간의 유한성은 무한함의 가능성과 경험에서 나오지만,
결코 도달할 수 없는 절대로의 갈망은 살짝 비껴간다, 늘.

사라지는 것이 아니라 소멸하는 것이 아니라
다만 낡아가며 바스러지는 영혼의 숨결.
사람은 사랑에 의해 태어났다가 배신에 죽는다.
영원한 건 당신의 자유와 한 줌의 눈물.

○

정신의 가난 영혼의 가난

물질이 충족되어도 내 안의 모든 것이 가난하다면
정신은 황무지의 폐허이며 영혼은 흩날리는 모래이니
어디에도 둘 곳 없는 생의 찬란함이여.
비워내지 못해 차곡차곡 쌓이는 역사의 축적이여.
교미하는 정신은 늘 불안함에 뒤척이니
잠에서 깬 정신과 영혼을 햇볕에 말리고 말려서
눅눅한 가난을 버리고 무지개 닿는 현재의 미래를 디뎌
청량한 공기 따스하게 감싸는 내일로 가기를.

○

폐허가 된 인물

사람을 그린다. 한 호흡으로 길게
신음소리 짧게 들린다. 호흡의 마지막
색채는 정지되었으나 인물은 움직인다.
그러다 폐허가 되고 마는 인물 앞에
들국화 한 다발 놓고 또 다른 호흡으로
인물을 그린다.

영화 시나리오

○

베트남 호찌민시를
다녀간 사나이

그는 베트남 호찌민시로 갔다.

깨끗한 별 하나의 호텔에 머물며 매일 호텔 주변에 돌아다니며

영역을 확장했다. 꽤 괜찮은 단골 술집도 생겼고 거리의 친구들
도 생겼다.

어느 날 그가 마리화나를 피며 경찰서에 가서 이야기했다.

너희들이 지금 하는 일이 무엇이냐?

그의 시선을 피하기 바쁜 경찰들을 두고 CCTV에 행적을 남겼다.

비가 서럽게 내리는 날, 그는 전공인 우주공학의 기초를 다시 배
우며

그림을 그렸다. 다음 날 그는 단골 술집에 앉아 사람들에게 외
쳤다.

베트남 인민들이여! 좋은 오후입니다. 당신들은 자부심을 가져
야 합니다!

위대한 승리의 인민들이여! 당신들의 자존심을 지키십시오!

교차로를 지나는 수많은 인민들은 그에게 호응하며 인사를 했고

그는 또한 한 명도 빠짐없이 인사를 했다. 그가 호찌민시에 온
지 한 달이 되어가자

그를 모르는 인민들이 없었으며 그의 직업은 여러 가지로 불렸다.

가진 건 보석밖에 없는 마피아, 사업가, 화가, 비밀경찰, 과학자 등으로 보였으나

그가 진정 원하는 건 아이들이 희망으로 굶지 않고 아프면 치료받고 베트남의

지도자들이 인민을 위해 봉사하며 가난한 사람들을 돕는 것이었다.

그의 1차 계획이 완성될 무렵 그는 공항으로 가서 한국으로 돌아왔다.

그는 거칠 것이 없었고 그의 행방을 생각하는 사람들은 그가 파리로 돌아갔다고 느끼며 의식하거나

독일 아니면 뉴욕 아니면 도쿄로 갔을 것이라 여겼지만, 정작 그는 고독의 한반도에

다시 돌아와서 껍질을 벗고 조용하고 천천히 다음 목적지를 염두에 두고 오랜 시간을

내면의 스산함과 대면했다.

노래장사

○

당신은 그늘이 되어
나를 감싸니

당신은 햇살의 조용한 요정

그 어느 날 문득 바라본 얼굴은 슬픈 사람의 그늘

당신은 고마운 비와 같은 사람

그날 보았던 어둠을 함께하며 제자리에 변치 않는 숨결

당신은 그늘이 되어 나를 감싸니

나의 햇빛은 부서지고 나의 불타오르던 욕망은 꺼져가며

사랑. 그 하나의 완전한 그늘과 그 하나의 완전한 안개가 되어

당신의 온몸과 당신의 온 영혼에 안기니

사랑. 당신은 그늘이 되어 나를 감싸니 나는 안개여라

○

결전의 날

그때가 언제인지 정확하게 기억이 난다. 내가 태어난 날, 빛은 잘게 부서졌고 꿈은 온통 흙빛이었다. 먹을 갈던 아이는 담배로 공허를 채웠고 무수한 일들 중에 시를 택했다. 매일 쓰고 쓰며 일구었던 상상의 현실. 열일곱 살이 되자 그림을 그렸고 이십 년을 내리달렸다. 뻔한 고독은 싫어서 매일 끼니를 거르며 허공에 그림을 그렸다. 이십 대의 일 년은 서울 홍대 어린이 놀이터에서 놀면서 관찰을 시작했다. 사람들의 행색, 표정, 생각, 기운, 계획, 물음표, 꿈을 엿보며 지내다 프랑스 파리로 가서 온갖 인종들의 눈물과 웃음을 함께 느끼며 계획을 정리했다. 다시 십 년 후. DUNGZAK Nuance Company라는 비밀스러울 것도 없는 깃발을 사람들의 눈에 심어주고 정신에 침을 꽂았다. 자유로움. 시는 다시 문을 세차게 때리며 번쩍였다. 그림과 글은 혼용되었고 이종교배를 시작했다. 혼란의 중첩. 정신병원은 나의 비타민을 수시로 제공하는 곳이 되었고 물끄러미 바라보던 꿈들은 점차 응고되어 불탔다. 언제가 결전의 날인지 공개하는 것은 위험하다. 위험 사회. 생각해 봐라. 그림을 그리면서 몇 명의 얼굴을 보고 정신과 교감해서 그림을 그려서 줬는지. 훗날 말하리라. 결전은 끝이 났고 승자도 패자도 없는 유쾌한 웃음소리가 울리더라. 그 후 그는 아프리카의 언덕에서 끝없는 별들을 사로잡더라.

고요의 시에 올린 그림을 좋아하시는 분이 계셔서 다시금 스스로에게 물었다.

과거의 진행이 현재에도 유효한가?

풍경 유화 그림을 다섯 점 펼쳐놓고 때를 기다리고 있다.

순간에 정지한 화면, 순간에 응고하는 색, 순간에 반응하는 아픔.

그림에 집중하거나 한 가지 일에 몰입할 무렵 생각지도 않았던 말이나 행동이

튀어나오면 당혹스러우며 조심스레 마음을 들여다본다.

마음을 담아내는 작업이 중요하지 완성의 형식은 중요성이 떨어진다.

1997년에 그린 그림을 보면서 그 당시 물감을 바를 캔버스가 비싸서

종이 100장을 사서 그 위에 유화를 그렸던 기억이 난다.

연장이 중요한 것이 아니라, 그 안에 내재된 추억이 스며드는 게 소중하다.

○

그 많던 그림들은
누가 소장하고 있을까?

그림을 이십 년간 줄기차게 그리면서 이루어 낸 작품들이 모두 어디에 있을까?

잃어버린 작품들도 꽤 되고 누군가가 몰래 들고 간 작품들도 많고….

작품을 해외에서 판매해 준다고 해서 보냈더니 그림 판 돈으로 잠적하기도 하고

그럼에도 나는 여전히 그림을 그리고…. 모든 건 운명에 맡기고 예술에 들어왔다. 요즘은 작품에 변화를 주려고 육체와 정신을 혹사시켰다.

무리를 했는지 오늘은 기절했다가 깨어났다.

하루살이가 아니기에 긴 호흡 길게 내다보며 가야 하지만 때로는 집중도

필요하고 몰입도 필요하다. 다행스럽게 10월에 작업할 캔버스들과 물감들을

구입했고 작업실 비용도 해결했다. 어제는 실컷 술도 마시고….

나의 그림들을 소장해 주신 분들께 감사를 드리고 좀 더 나은 작품들을

밀도와 경쾌함을 더해서 일구어 내려 한다. 고마운 마음을 보냅

니다.

　디자인 회사에서 색채 강의 제의가 들어왔다. 전문가들에게 강의를 한다는 것도 재미가 있을 것 같고 색채에 대한 정리도 할 겸 좋다고 했다. 2시간 강의에 강의료도 꽤 높으니 괜찮지 않은가? 우선 강의의 제목은 '색채로 읽는 언어', '언어로 읽는 색채'로 정했다. 그러고 보니 지금은 프랑스 어느 곳에서 작업하고 있을 스무 살 때 친구가 한 말이 떠오른다. "아무리 생각해도 색채에 관해서는 넌 타고난 것 같아." 진지하게 이야기하는 그 친구를 보며 색깔을 다룬다는 게 뭐가 어려운지 느끼기 힘들었던 청년이었지만 지금은 이해가 간다. 간혹 다른 작가들의 그림들을 보다 보면 까다로운 색채로 그린 것에 놀랄 때가 있다. 사실 전문적인 색채공부를 그리 깊이 한 것도 아니지만 이십 년간 계속해서 해온 색채를 표현하는 일 자체로서 그나마 공부를 한 것은 아닐까 한다. 색채 강의가 좋은 반응을 보이면 더욱 큰 곳에서 강의를 할 기회가 있다고 하니 허술한 것보다 치밀하고 자유롭게 강의의 내용을 만들어 볼 생각이다. 한 달에 네다섯 번의 강의만 해도 한 달 생활비는 충분히 나오는데 그것까지 바랄 바는 아니지만…. 디자인 전문가들과의 만남이 설렌다.

　생각해 보니 이십 년간 그림을 만 점 정도 그렸고 시를 사천 편 정도 쓴 것 같다.
　숫자는 중요하지 않다. 그 내용이 어떠한가가 중요하다.

나 역시 알고 있다. 그림의 가격이 이십 년 동안 소장자의 형편에 따라서 정해지고

소장되었다. 이런 형식을 내년 12월 뉴욕으로 가기 전까지 유지할 듯하지만

베를린에서는 작품가격은 신경 쓰지 않고 작업할 생각이다. 그러려면 시장에 세상으로

마음껏 재량으로 판매할 친구가 필요하다. 물론 만날 수 있다는 확신이 생긴다.

현재 경제적 여유는 제로에 가깝지만 돌아서 생각해 보니 그런대로 만족할 만한

그림들을 그리면서 살아와서 후회나 아픔은 모두 흘려보내기로 했다.

작가의 작품가격은 본인과 콜렉터만 알만큼 비밀스러운 한국에서 꼬장꼬장하게

훗날 돌아와서 잘난 척하기도 싫고 그럴 이유도 없다. 개인적인 소망이라면

내 작품을 소장하신 분들이 지불한 그림 값이 1,000배 정도 오르기를 바란다.

그림을 그리는 양을 많이 줄였지만 그래도 많다. 그것은 나의 운명이라 생각하고

아침의 햇살에 색채를 쪼아 보낸다.

소설가 신혜진 작가께서 밀랍 초를 보내주셨다. 자신의 소설책

과 함께…. "아직도."라며 끝나지 않을 것처럼 말하는 세월호가 진정 잊힌 것인가? 아니다. 그렇지 않다. 마음이 시퍼렇고 까맣게 타버린 가족들과 그들의 이웃들이 이 땅에 존재한다. 양초를 켜고 기도를 드린다. 희망이 인간을 일으키고 희망이 사람들을 웃게 만든다. 각자의 믿음에서의 신은 다를지라도 한마음으로 세월호 희생자들의 살아 있는 가족들을 위해 기도를 하자. 나는 이렇게 기도를 한다. 하느님 당신의 자녀들이 당신의 곁으로 갔습니다. 지상에 남은 자녀들의 가족들이 안녕하기를 다시 웃음으로 살 수 있도록 도와주십시오. 아멘.

어느 한때 그림을 그리기 위해서 며칠을 굶기도 하고

어느 때는 술을 진탕 마시고 하얀 화면과 싸우기도 했다.

지금은 술을 마시면 잠을 자고 밥을 굶으면 쌀을 꺼낸다.

20년간의 그림 그리기가 쉴 새 없이 계속되는 걸 보니

이것은 나의 일이기에 당연하다는 결론을 내린다.

숨을 고르며 숨을 정갈하게 내기 위해선 온갖 것들이 필요하지만

오직 바라는 것이 있다면 사랑이 찾아와 사랑 안에서 잠들고 싶다.

나는 신을 믿는 것이 무엇인지 모르지만, 신에게 기도드린다.

이생의 하루가 모두에게 골고루 빛이었으면 합니다.

○

인물화

　어느 사람을 보면서 인물화 그림을 그릴 때는 참 편안하고 순식간에 그림이 이루어진다.

　그러나, 머릿속에 산재한 인물들을 끄집어낼 때는 숨이 탁탁 막히기도 하고 마음이 일렁인다. 긴장을 하는 순간들이 끝나면 온정신이 폭발한 듯 힘이 없다. 다음 날 다시 인간의 얼굴을 가장한 정신의 촉을 이루어 낼 때 만족감보다 허무함과 아픔이 더 크다. 그럼에도 내가 인물화를 사랑하는 것은 많은 경험들 속에서 녹아든 사랑의 존재를 믿기 때문이다. 이 그림은 2003년 서울 홍익 어린이 공원에서 그린 그림이다. 어느 정치인에게 팔리려다가 무산되고 현재는 조각하는 친구에게 소장되어 있다. 어제는 2003년의 어느 한순간과 2014년 캄보디아의 바람과 향기가 들어왔다.

○

표현하라. 느껴라. 잊어라.
시작은 처음이다

얼마든지 교묘하게 색채와 형태를 입혀서 대가인 척할 수는 있으나,

그것은 나의 길이 아니며 그럴 바에야 사업을 하는 것이 낫다.

2014년은 한 점의 그림을 완성해야 하는 시점.

그 한 점을 들고 뉴욕으로 다시 베를린으로 가야 한다.

2015년에는 열심히 작품 팔아서 이주 경비를 만들고, 지금은 살아내어

좋은 작품을 일구어낼 때. 과정에서의 그림들을 보다 보니 언젠가는

다 피와 뼈가 되어 살이 되어 형상을 이룬다는 걸 알게 된다.

공부하지 않고 느끼지 않고 경험하지 않은 건 나에겐 쓸모없다.

시작의 2014년 10월, 나는 경험들의 무덤에서 꽃을 피워야 한다.

사랑은
빛 어둠을 걷는다

○

그 모든 모호한 부호는
갈 곳을 잃었다

오래된 미래는 쓰이는 것도 잊어버리는 시대

노래로 내려오던 전설의 기억은 싸그리 불태우고

그대 하고픈 마음대로 하라

나는, 나는, 나는,

5월의 푸름 느낄 터이니 그때 나를 살해해도 좋으리라

30년간 인간의 고통을 다루다

○

around in earth

look. brocken of brain to rain.

actually some go, some here

your mind that's our mind.

open

then move in dream, get

natural thing.

○

I waiting time

fix mental

move walk.

we are human being

look.

make the science for nature.

sell buy no

we protect us. you are my family.

○

nigro maria

별빛 총총한 밤이었습니다.

한 여인이 달빛에 나와 저에게 인사를 했습니다.

그분의 얼굴은 검었고 눈은 유난히도 밝았습니다.

온화하게 깊은 슬픔을 드리운 저를 안아주며

영혼으로 기도해 주셨습니다.

피부색.

피는 누구나 붉다고 말할 수 있다지만

영혼의 색은 검지도 하얗지도 노랗지도 않습니다.

그 여인의 영혼은 알 수 없는 기쁨의 떨림이 가득했고

그것에 안긴 제 영혼은 기쁨으로 충만한 채 깊이 잠들었습니다.

이제는 압니다.

인간은 제각각의 모양을 하고 있지만 그것이

인간을 구분 짓는 역할을 할 수 없음을 말입니다.

○

고독은 거짓을 말하지 않고

길게 늘어선 행렬을 본다.

줄어들 기미가 보이지 않는 것에는 밥이 숨어 있다.

생명에게 필요한 밥은 줄을 서야지만 먹는 것인가?

싶어 주위를 살핀다.

아니다.

시간이 돈으로 분류되던 그해부터

여태껏 사람들은 공짜라며 밥을 먹기 위해 줄을 선다.

한 끼의 식사가 사람들을 구분 짓는 것이라면

그 한 끼의 식사조차 없는 이들은,

줄 설 곳조차 존재하지 않는 고독에 몸서리친다.

○

고요한 함성

나에게는 주위에 대한 세밀한 관찰이나 풍경의 묘사력이 없다
다만 듣고 보고 느낀다
붉은 비가 흐르면 몸이 차가워진다는 걸 안다
오래전, 지구에는
초록비가 내렸었다.
땅은 숨 쉬고 생명은 아름다운 꿈길을 걸었었다
지금은 오직 빨강비, 차가운 하루들
가만히 귀를 기울이면 응어리가 아프게 옹골지게 차 있는
함성이 고요하게 메아리친다. 마음은 이미 먼 곳으로 떠났고

○

공기는 눈물을 마신다

청량한 하늘 맑은 바람 신선한 빛
공기는 너무나 무거워서 눈물로 가벼워진다.

올라가면 무엇이 할퀴는가?
내면은 숨을 쉬고 바람은 안도한다.
공기가 아래에서 흐름에,
생명은 멈추지 않는다.

하루는 24시간이 아님을 왜 모를까 싶지만
영원의 시간은 생과 사의 중심에서 발을 딛는다.

○
나의 그림을 소장한다는 건

나의 생각으로는, 나의 그림을 소장한다는 건
내 영혼의 끝에서 나온 나의 생각과 사상과 숨을
있는 그대로 화면에 담긴 당신의, 모든 것과
조우한다는 것으로 귀결한다.

그림값은 아무런 영향을 주지 못한다.
그럼에, 나의 그림은 언젠가 당신이 소장한 내 그림 자체로
생각지도 못한 일과 맞닿을 것이다.
갑작스레 이런 생각이 든다.
내 그림이 찾아간 주인이 홀대하고 구박할지라도
그것은 당신의 자유의지이며 그것을 바라보는 것도
나의 자유의지라는 것이다.
어느 누가 자신의 숨이 담기고 영혼이 담긴 그림들을
쉽게 줄 것인가?
나는 결코 함부로 그림을 대하지도 않았고
나의 그림을 소장한 분들께 실례를 청하지도 않았다.
오늘부터 들어가는 '바람'은 지상에서 존재치 않았던 그림이다.

○

날개 검은 물길을 날다

비스듬한 곁길

낭만은 파괴되었고

생존의 무덤만 찬란하니

비로소 교회당의 십자가를 떼었다

누구나 짊어진 자신의 십자가는 못 보고

상대방의 무게에 붉게 스멀거리는 조명만 본다

날개

뾰족한 청탑을 넘어 푸르고 푸른 물빛 사라진

검은 물길을 난다

○

눈물은 시가 되어 흐르고

붉은 장미 스무 송이를 길에서 사서
길 위의 여인들에게 나누었다.
스무 송이가 맑게 터지던 날
소리는 공간을 타고 눈물을 제조했으며
공허에 묻히던 소슬바람 가볍게 떠들었다.

우리는 누군가의 사랑이 되기를 원하지만
누군가는 사랑이 무엇인지 알지 못한 채 살아간다.

숨 멈춰가며 읽어가던 고독은 그것을 인지하는 동시에
무수한 빛이 되어 홀로 일어선다.
나는 자유를 위한 노래를 부르지 않았다.
그러니 일어서라.
나는 생명을 위한 깃발이 아니다.
그러니 일어서라.

지구 반대편의 한 여인이 장미를 남성에게 건넬 때
잊힌 고만고만한 전설이 시가 되어 공기에 녹아든다.

눈물이 흐르면 비가 내린다

인간으로 태어나 인간으로 죽는 일
너무나 어렵다 한들 어찌할 것인가?
간밤의 아픔들이 녹아 눈물이 되어 아침을 연다.
비는 내리고 슬픔은 과하지 않는 평화로 다가서니
사랑하라.
우리들은 사랑의 근처라도 서본 적 있는가 싶다.

눈물이 그대를 삼킬 때 비는 내리니 그대 편히 잠들기를.

예수님이 오셨을 때 돌을 던지던 이가 바로 나이고
예수님이 돌아가실 때 십자가에 못을 박던 이가 나였으니
그 죄의 업이 이생에서는 눈물이 되어 비가 내린다.
달빛 환한 밤 기적이 찾아오면

어느 이의 아름다운 손길이었을까?
어젯밤에 찾아와 술에 취하고 울분에 취한 나를
조용하게 안아주던 그이는 누구였을까?
심장이 박동을 멈추고 정신이 정지했을 때

가난하지만 자유로운 내 영혼에 노래를 불러준 이
사람들은 기적을 믿으며 말한다.
나 또한 세상의 한 생명으로 기적을 믿으며 생을 산다.

달빛을 본 오늘 밤
그 고운 빛이 살며시 다가왔던 따스했던 기억과 겹쳐진다.

○

모두가 자신의 십자가를 지고 있다

질문

대답

재차 묻는다

각자가 자신의 안에서 웅크리며 잠들 무렵

이름 없을 영이 찾아와 또 묻는다

당신의 십자가는 어디에 있습니까?

모두가 잊어버린 질문 모두가 잊은 대답

간략하게 말하자면 모두가 자신의 십자가를 지고 있다

○

모든 생명에 경의를

새소리 들리는 아침을 타고 생명의 한숨이 도착했다.
누구나 살고 싶고 생명은 삶을 이어간다.
어디에 먹히고 어디에 잡혀도, 빈틈없이 흐르는 우주
크기의 문제가 아니라 생명의 문제에 귀를 기울인다.

살고 싶다. 그 말에 모든 것이 들어 있다.
살고 싶다. 그 안에 모든 감정이 녹아 있다.

경쟁의 사회에서 경쟁을 포기하면 쓰레기가 되는 것이 아니라
자유로워짐을 느낀다. 무수한 꿈.

똑같다. 살아 움직이는 듯하다. 실재다.
천만의 말씀
단언컨대 화가가 묘사력을 자랑할 때는 밑천이 떨어져
길 속에 멈추어 갇혔을 때와 다름 아니다.
미안하게도 능력의 차이가 아니라 온 것의 날것과 익음이
번갈아 날쌔면 묘사는 저절로 움직인다.

○

미묘한 떨림

음영이 자리한 당신의 눈
깊은 무거운 침묵이 흐른다.
좀 더 밝게 좀 더 느리게 좀 더 경쾌하게
빛이 숨어든 밤.
속삭임은 울림이 되어 눈물로 내린다.
명확하지 못한 그림자
녹아내리는 검은 물이 별빛 삼키는데
그 순간조차 미묘한 떨림으로 일으키는
오만함은 새벽을 깨워 아침으로 오른다.

○

바람은 계절이 없다

홀로 존재하는 건 바람의 소리
풍경은 파랗게 흩어지고 공간은,
재빠르게 모인다.

바람은 말을 건네고
하늘은 텅 비었고
캔버스의 하늘도 비었다.

화가는 풍경을 보면서 일그러진 자아의 꼭짓점을
비워내며 걷기를 희망한다.
구분되어지지 않은 경계는
바람이 일어,
상상의 색으로 그대의 벅찬 하루에 시원하고 신선한 생동을 일
으킨다.

○

바람의 노래

일어서라, 당신의 힘으로.
일어서라, 이웃과 함께.

일어설 수 없는 다리와 몸을 가졌다면
부르리라 노래를.

우리의 노래는 바람을 타고 세상에 던져지며
계속해서 음표를 바꾸며 바람과 섞일 것이다.

수학자의 아침은 고요함이 찾아든 나비와 같다.
꽃에 새겨진 숫자들은 이리저리 흔들리며,
배열을 위한 배열이 아니라 자연에 의한 순차적인
순서를 조용히 나열하며 기분 좋은 소리를 낸다.

바람의 안식도 같은 것이리라.

평온의 의미가 뜻하는 색감은 밝은 노랑보다 더욱,
파랗고 파란 보랏빛 생각이니….

벌거숭이 아이 그리고 나.

아이가 따스하게 웃으며 손을 흔들 때
차마 퍼렇게 타버린 마음이 보일까 눈을 감았다.
웃음이 들린다 발자국이 꾹꾹 눌러진 땅의 보드라움
손을 편다 눈을 뜬다 인사한다.
아이는 하늘을 보며 싱글거린다. 상큼한 향기로움이
곧 사라지더라도 지금은 멈추어 눈빛을 마주 볼 시간.

찰나, 부처가 부처를 보며 웃는 순간의 은하수가
사랑스럽게 반짝 흔들린다.

○

밤을 해체하고 아침에 들어서다

얼마나 길었는지 모르나 밤은 서서히 점멸하고
아침은 얼마나 늦었는지 모르나 서서히 다가온다.
빛의 시간, 빛의 공간, 빛의 웃음.
별빛이 잠을 깨워,
소리 없는 아우성으로 가득 채우던 밤.
곁에 없는 온기를 정신으로 맑게 들어오는 환한 아침.

잠들고 싶을 때 잠들고 깨어나고 싶을 때 깨어난다면
오늘이 참 행복하구나, 가슴으로 호흡하고 가슴으로 스며드는.

하얀 꽃신, 노랑 꽃신, 빨강 꽃신.
터질 듯 터지지 못하는 마음의 병이 나아가길 바라며
폭발하는 해의 그 뜨거운 눈부심에 밤을 해체하길 잘했다.
빙그레 여무는 확고한 눈빛에서 별빛 숨어든다.

○

법은 사람 아래에 있다

법치국가는 법이 사람 아래에 있음을 말한다
사람 위에 군림하는 법은 효용성이 없다
법이 죄 없는 시민을 구속하고 억압하는 구조는 썩었다
착각은 자유지만 지금은 왕조시대가 아니다
민주주의 국가에서 법은 사회의 안전망이고 보호막이다
누구나 알 것 같지만,
많은 이들이 망각하는 것은 인간이 법보다 우선하며
법은 범죄로부터 인간을 보호하기 위한 장치라는 것!
법 아래에서 사람이 신음하고 법이 올바른 가치를 실현하는 데
걸림돌이 된다면 그러한 법은 폐기되어야 한다

21세기는 암흑의 시대가 아니다
빛들이 모여 우주로 향하는 시대이다

법과 예술이라는 책은 말한다
법치를 가장한 국가의 법은 교묘한 압박과 구속의 도구이며
국민들이 안락한 삶을 추구하는 것을 방해하며 끊임없이
권력에 봉사하며 소수의 권력에 맞춤이라는 것을 말한다.

○

부처는 마음에 있는가?
밖에 있는가?

불교에 대해서는 무지하지만

그 어느 날 수덕사 하늘 깊이 도량석 반사되던

은하수가 떠오른다

너의 길을 가라

눈물보다 환장하던 욕망만 키운 채 떠나온 길

부처의 마음은 안과 밖에 있는 것이 아니라

어느 곳에나 꾹꾹 다져 있는 것

부처님이 오신다며 배 불리는 돈과 재물이 아니라

바로 올리는 기도와 깊은 생의 어스름을 똑바로 직시하며

부처여 당신에게 귀의합니다는 그 뜻을 피워 올리는 하루

믿음은 사람을 강하게도 하고 아프게도 만들지만

진정 부처는 내가 아니고 당신도 아니며 우리들의 염원에

녹아있다 그것은 자애로운 자비심에 기초한다

○

불면의 밤이 지나간다

이 시간 인간은 죽고
이 시간 인류는 살해당한다

어제의 그녀는 더 이상 여성이 아니고
오늘의 그는 더 이상 남성이 아니다

나와 네가 있기 전 우리들이 있었을 우주에서
물리적으로 본 적이 없는 영혼들이, 똑 똑 똑
나의 영혼에 두드린다 아프다 그래서 문을 연다

화해와 용서를 이야기하는 이기심에서 욕심의 별
까마득하게 흘리는 그와 그녀의 눈물
참 무섭다
인간은 누구인가?
지구는 시퍼런 파도에 남모를 아픔을 수장시켰고
이름 없던 한 생명이 태어나 살고 산다.

○

삶은 죽음의 강을 건너고

페소아의 하루는 나와 닮았다.

지독히도 고독하지만 지독히도 열려 있는 상태

영혼은 집중되어 공격받지만 분산된 오후의 햇살은,

꾸밈없이 나를 쏘고 당신을 불 지른다.

미안한 눈물은 마른 지 오래 그렇다.

인생의 오전과 오후는 늘 연결되어 심각한 부조리에

제 몸을 담그고 스르르 잠든다.

믿음의 신

사랑의 신

인간은 영혼의 눈물로 인해 신에게 다가가지만

우리들은 벼락같은 외부에서 부는 더러움에 경악한다.

나는 묻는다, 나에게.

너는 생명이 중요하고 생명이 고귀하다 하는데

네 목숨 내어주며 다른 생명을 살릴 수 있는가?

말문은 막히고 가슴은 답답해지며 말을 멈춘다.

그리고는 황급히 떠나는 내 뒤에 소스라치는 비명 들린다.

○
소소한 생각

지옥은 눈앞에 자신이나 자신과 관련된 것이 공개되면 시작된다.

그것도 무시할 영혼은 흙보다 물보다 낮음을 시인하는 것이다.

이 시절이 지나면 좋은 날이 올 것이라는 믿음은, 헛되고 헛된

망상

그대와 내가 깨어나지 않으면 타자에 의해 살해될 것이라는

분명한 사실에 놀란 척할 것이다. 지옥은 현재이며 죽음으로 끝

나지 않는다.

○

안과 밖

심하게 두들기는 두통의 원인은
늘 안에서 일어나는 사건에 의해서다

밖에서 들리는 소리에, 슬며시
고개를 갸우뚱하며 바라본다
풍경은 안에서 녹슬고
바람은 밖에서 분다

○

언어를 잃다

대지에는 비가 내리고 도시에도 비가 내린다.
바다에도 내리는 비.
언제부터 무너질지 알 수 없는 욕망의 기습
말을 닫고 입을 닫고 언어를 숨겨놓은 날.
그날 이후,
지독히도 아름답던 어느 날을 보려고 언어를 꺼내었지만
찾을 수 없었다.
그만 언어를 잃어버린 날, 그날의 비리고 비렸던 울음은
이 순간 다시 찾아와 하강하며 떨어진다.

○

외로움에 대한 피력

카메라를 들고 한 화면을 찍었다.
찰칵 색채가 응집해서 빛으로 들어온다.
이제야 알게 된 외로움에 대한 변명들 생각들
부끄러움에 형상을 담는다.
시인은 시인으로 화가는 화가로, 예술의 경계는
지독한 자기애와 의외로 경쾌한 변명으로 구분된다.

가끔 혼자서 웃음을 펄럭이며 터트린다.

색은 이름 지워져서 불리길 싫어하지만 나는
기어코 그림 속에 이름을 넣어 색을 새긴다.

영원토록 남는 건 없으나
영생이라 불리는 생명은 우주에서 시작되지 않고
다만 자신이 서 있는 그 멈춤에서 비롯된다는 걸 알게 되었으니.

○

우리의 일곱 시는 아직 오지 않았다

해가 진득하게 뜨며 흐르는 땅의 소리는
차박차박 곱기도 하고 터벅터벅 걷기도 한다.
밤의 여인이여
잠들어라
낮의 사내여
일어나라
솔직하게 다가오는 바람의 목소리

그대 단 한 번도 잔 적 없으며 단 한 번도 깨어난 적 없으니

골목에 자리한 시계는 여섯 시 오십구 분에 멈춰
일곱 시가 오는 걸 인지하지 못한 채 슬퍼하며 운다.

○

우주에서 불어오는 바람

눈을 감는다. 묵직한 침묵이 음을 건드리고
가벼운 공기가 바람의 북소리 울린다.
저기서 불어오는 이 마음은 무엇이던가?
그리움은 찢어지고 발가벗겨져도 그럼에도 그리움.

○

이천 년의 유감

예수가 말했다
그가 와서 나에게 왕관을 바치지만
나는 모든 이들이 왕관을 쓰고 이 땅에서
사는 것을 바라노라

부처가 말했다
나는 부처가 되기 전 인간이었다
모든 인간이 부처가 되기를 바라노니
뜻이 마음이 한곳에 집중되어 오로라를 만들면
그것조차 부질없어 텅 빈 것이 부처의 울림이다

○

지독히도 그림을 미워한다

그림은 썩어 문드러진 사생아
이 잡것들의 시절에 터진 가랑이 벌린 입
나는 묻는다
너의 시절은 무엇이기에 그토록 훌륭한 그림을 그렸냐고

그이가 말한다
네 영혼의 가치가 지금에 있다면 당연히
무수한 편견에서 문둥이를 사생아를 미워하는 마음 있을 것이라고

너는 네 그림을 미워하기보다 오히려 집착하기에
미움으로 꽁꽁 둘러쳐 아프다며 그리 말하는 그이는,
순백의 하얀빛 솟구친다

그림은 말한다
너는 나를 미워하지만 나는 너를 미워할 수 없다
오히려 네가 곱게 곱게 정신 차려 영혼으로 입힌
색채와 형상이 나를 어를 때 나는 전율한다
그것은 지독히도 아픈 눈먼 이들의 행렬과 같은 것

○

사랑은 상상을 먹고 산다

어제의 일이다
한 사람의 품이 그토록 따스한 걸 알았다
사람은 역사의 일부분이 아니라 역사 그 자체이기에
툭
떨어지는 빛
두려움에 떨리지 않는 화면을 고정시킨다

그렇다 사랑은 무던히도 관심을 먹고 산다

○

착각

일본인은 친구가 되어도 일본이라는 국가는 친구가 될 수 없다?
미국인은 친구가 되어도 미국이라는 국가는 친구가 될 수 없다?
조선 민주주의 인민공화국의 인민은 친구도 될 수 없고 더더욱
그 국가는 친구가 될 수 없다?

여러 나라의 몇몇 친구들을 만나보면 그들의 나라는 온데간데
없이
사라지고 세계라는 공통분모와 친구라는 공통분모를 만나게
된다
국가가 중요하다면 국가는 국민들을 인민들을 소중하게 생각할
까?

국가가 국민을 버리는 대한민국은 분열이 된 지 오래되었고
파괴적인 자본주의의 더러운 속성만 부풀려지고 정착된 지 오
래다

국가의 정체성이 사라진 지금

민주주의 국가에서 민주주의가 제대로 된 힘을 발휘하지 못한다면

국민들은 주권으로 국가를 올바르게 고쳐야 하지만 대다수는

의지도 방법도 모른다

현재, 미국은 우리들의 친구며 대부라며 웃는 얼굴에 큰돈이 몇 푼

쥐어질지라도 많은 국민들은 잊히지 않는 세월호에 탑승해서

가라앉은 채 익사한 자신을 보고 있다 느끼고 있다

누구와 누구는 친구라는 것은 착각이다.

○

파리 샹젤리제에 내리는 비

몸을 피할 곳 없어 찾아간 공원의 낮은 집
갈 곳 잃어 헤매던 영혼들이 제각각의 나라에서 들어온다
침묵이 소란스런 노랑빗물
누구에게도 자신의 고향은 있으리라
비는 점점 거세어지며 마음은 제 나라의 마을로 돌아가지만
몸은 이곳에서 엷은 미소를 지으며 잠든다
처연하게 내리는 노랑비가 파랑비로 바뀔 무렵
옆자리에서 잠든 이의 꿈이 나에게 들어와
가보지 않았어도 알 듯한 소리 없는 햇살 비추는
그이의 나라에서 한 여인에게 손을 흔들며
마치 그녀가 나의 사랑하는 부인인 것처럼 반가워한다.

○

하얀 백지에 언어를 새기다

시인이여
당신의 언어가 영혼에 들어와 색을 바꾼다면
시인이여 화가는
영혼의 색에 형상을 이루니
우리가 이룰 것은 뜻대로 이루어지리라며
넋 놓을 시간이 아닌
가슴을 헤매고 정신을 찌르는 고난의 시간임을

시인이여
헛것이 아닌 것 없다 하여 잠을 이루어도
이내 그대의 손은 하얀 백지에 언어를 새기니,
따스하고 평화로운 바람이 그대의 이마에 닿기를
시인이여
초인의 힘이 아닌 불편한 생명의 숨결
그 호흡을 넣어 새기는 하얀 백지가 어느새
새까맣게 변한다 해도 그대 언어는 살아서 내게 날아듦을

○

한 시대가 무너지고 꽃이 피었다

무덤가를 스산하게 스치는 바람소리에
고양이가 멈추었다.
종달새, 참새, 금관새, 잉꼬가 독수리와 까마귀의 배설에
흠칫 쪼롱인다.
시대는 피었고 꽃은 죽었다.

○
한 시대를 살아감은

마음은 사회의 어두운 숙주에 의해 길러지고
음습한 성욕과 욕망에서 태어나
온통 빛이 어지러운 낮에는 잠들어 있다.

연결망 시간의 축적 그리고 피로한 육체

정신의 세계는 우리에게 다가와 더욱 높은 우주를
바라보게 하지만 결코 다가서지 못하는 어지럼증만 울렁인다.

○

시대의 견딤

올바르고 그르다의 차이는 견해의 다름에서 비롯되어

폭력의 줄기찬 압박을 받는다. 그대

더러운 입과 더러운 구멍과 더러운 영혼의 옷을 기워낼 때가

왔다.

○

한참을 바라보다

하얀 캔버스를 또렷하나 흐리게 바라본다
공간의 구성 색채의 구성 마음의 구성
정신이 지배하는 지루함은 보내고, 영혼
그 빛나는 이름에 그림자를 입힌다.
따스하여라. 차가웠던 밤의 골목은 파랗게
익어 살갗을 드러내고 웃는다.
태양의 아침은 고요함이 멍울진 자아의 터
그렇게 갔다가 그렇게 오고 마는 고향의 젖내음
창살을 비집고 들어오는 햇살에 사로잡힌다.

○

땅 밟기

나는 2005년 요코하마에서 땅 밟기를 했다.

나는 2008년 서울 덕수궁에서 시청, 환구단에

땅 밟기를 했다.

너만 할 줄 아는 게 아니다. 일본이여.

일본제국 시절 땅 밟기가 너무 심해서 각 재벌 그룹들과

심지어 남산과 인왕산까지 땅 밟기를 했다.

그들이 심어 놓은 이상하고도 요상한 짓거리를 순화하는 행위.

몹시도 몸과 정신이 아프고 병들었으나…. 나는 나의 땅 밟기가

여러 가지 이롭게 한반도에 남았다 생각했지만 오산이었다.

너무도 거대하고 너무도 미친 그들의 정기 밟기.

조선일보에서 슬쩍 밟으니 이러더라!

왜 나만 가지고 이래요?

그래. 꾹꾹 모두 밟았다. 도쿄로 떠나기 전날 쓰나미는 미친 듯이

나를 타고 침범했고 내가 원하는 건 생명의 죽음이 아니었건만,

많은 이들이 행한 결계는 인명 사살을 원하고 스스로의 존재만

을 위한

자위였음을 새삼 알게 되었다. 마지막으로 2014년 6월에 한 번

더 땅을 밟았다.

영화 시나리오

10년 전 파리에서 만난 호찌민의 조카가 베트남 방문을 요청했다.

10년 후 나는 호찌민시에 왔고 약속을 지켰다.

많은 사람들을 만나서 이야기하고 교감하고 마음을 나누었다.

나에겐 아직 할 일이 많다.

누군가 나에게 계획성이 없고 감수성만 있다고 하지만

드러내지 않은 나의 역사가 있다.

나는 화가이기 이전에 인간이다. 그리고 존재하는 인물이다.

내년의 뉴욕 방문과 유럽 이사를 꼼꼼하게 준비하는 시간을

가지고 있다. 호찌민시는 아침이 맑다. 분주하다. 움직인다.

30. 08. 2014 등작 燈酌 Dungzak Cestlavie

2007년 1월 1일 그날 아침부터 뇌파가 자연스럽게 열려서 세상의 모든 소리와 세상의 모든 사람들의 말과 꿈들이 욕망들이 정신에 들어왔었다. 꼬박 일주일을 먹지도 자지도 못하고 온몸에 말 못 할 따가운 기운들이 달라붙어 나를 갉았던 때 그것을 극복하니 거꾸로 내가 사람들에게 뇌파를 보내기 시작했다. 이것이 병은 아

닐까?라고 생각할 여유가 없었다. 정신의 입자가 그렇게 넓고도 크다는 걸 알게 되었고 언어는 정신세계에서 크게 문제가 될 것이 없다는 걸 알게 되었을 때 나는 절망을 했다. 삶이 시들해지기 전 삼십 대를 시작하며 꿈꾸었던 것들을 모두 잃게 되기까지 나는 알게 되었다. 악과 선이 동시에 존재하며 이곳이 천국이요 이곳이 지옥이라는 걸 알게 되었다. 여러 가지 일화들은 간간이 나의 글 속에 등장하니 본론만 말하자면 인간은 고통에서도 꽃을 피울 수 있는 존재라는 것이다. 두 번의 정신병원 입원에서 아무런 증상을 발견하지 못했지만 세 번째에 조울증이라는 진단을 받고 약물과 장기 입원을 했다. 정신병으로 치부하고 잠을 약에 의존한 채 잤지만 나는 알고 있었다. 조울증의 경향이 있으나 조울증이 아님을. 뇌파가 열리고 정신이 열릴 때 이야기했던 현상들이 나타나고 사건들이 이루어질 때마다 마음은 멀리 여행을 간다. 그 당시 그토록 매일을 함께했던 그림을 2년 동안 그리지 못했을 무렵 나는 글을 써야겠다는 생각을 했고 2012년에 나온 지독히도 못 쓴 첫 전자책《예술, 그 안에 들어가다》를 집필했다. 현재는 모든 예술 작업에 대해서 전반적으로 짚어보고 헤아려서 시작을 해야 함을 알고 있다. 아직도 나는 그림을 그리지도 글을 쓰지도 않았다.

2014. 05. 17 등작 燈酌 Dungzak Cestlavie

○

바람 연작을 끝내고 바람에 눕다

세월호 아이들을 그림이 끝난 후 만났다.

평온하리라. 안식의 날이 오리라. 믿었지만

팔레스타인도 아프리카도 대한민국도 아이들은

제각각의 다른 이유로 죽음에 이른다.

바람을 그리면서 색채의 바람에 아이들이 숨통이 트이길 바랐다.

나는 단지 그림으로 표현할 수밖에 없지만, 남겨진 가족들은

이웃들은 마음이 뚫려 바람이 매몰차게 불어댄다.

누구의 하늘인가? 누구의 땅인가?

한때 조선 민주주의 인민공화국의 아이들이 잘 먹을 수 있기를

바란 적이 있다.

인민의 자식들 국민의 자식들….

부끄러움에 바람 뒤로 숨었다가… 그냥 누워버렸다.

순간순간이 기적이 아니라 지금이 지옥의 한철임을 느낀다.

미움이 증오가 추상적인 일그러짐으로 지배하는 세상은, 더 이상

필요 없음에 무시무시한 바람으로 모두 쓸어 버려지기를 바라지만

생명이 다치고 생명이 죽어나가는 건 더 이상 보기가 힘들다.

너와 내가 아니라 우리가 되었으면 얼마나 좋을까?

바람은 화면에 담겼지만 생명은 여전히 현재에서 빛을 발한다.

○

베트남 호찌민에서의 하루

첫날부터 친구들이 많이 생겼다. 동네 친구들….

그만큼 여행경비를 쓰는 속도는 놀랍게 빨라져서

절반을 썼다. 그것이 인생 C'est La Vie.

하지만 개인 오토바이 기사 친구가 생기고 동네 파라솔 가게 친구들도

생겼다. 광란의 하루…. 차분한 오늘의 날씨!

호찌민시에는 놀러 온 것이 아니라 여러 계획으로 왔으니

차근차근해 내어야 한다.

떠나보면 안다. 내가 속한 사회의 크기가 얼마나 협소한지….

하지만 인간의 우주는 자신이 살고 있는 그곳에서 시작된다.

비즈니스의 이야기 하나를 보면 실질적으로 의사 결정을 내리는 대표들 간의 회의는 1분이나 2분 정도면 끝난다는 것이다. 서로 눈빛을 교환하고 인사를 나누는 순간, 묘하게 응축된 각자만의 정신이 피 터지는 싸움을 하고 돌아서는 그때…. 악수를 하고 서명을 하면 거대한 자본과 자본의 교환이 이루어진다. 화가가 이런 걸 알 필요는 없으나 공교롭게도 친구들이 알려주고 자연스럽게 사업의 방법을 머리 나쁜 내가 습관이 되도록 만들어서 아는 것이다. 한때는 이것을 한 단계 상승시킨 방법을 알았으나 이제는 쓰

지 않는다. 고도의 집중력과 체력 소모가 필수적이라서 건강에 치명적인 단점이 있다…. 어찌 되었든 바람 불던 어제는 화가로서 좀 더 긴장해서 그림을 그려야겠다는 생각과 그림 그리고 싶은 욕망에 마음은 두근거렸다. 우선 부산의 작업실에 도착한 유화재료들로 7월은 오직 그림만 그리며 지내려고 마음을 다잡았고 서울에서의 전시에 집중하려고 생각을 했다. 편안한 작업실을 놔두고 지금 내가 서울에서 뭐하는 건가? 싶지만 너무나 인간적이고 좋은 분들을 많이 뵈었기에 그것으로도 참으로 좋다…. 뭐랄까? 중구난방인 이 글은 한 시간 뒤에 숨길 것이지만…. 사업적 감각과 실력은 서로 겨뤄보는 것이 아니라는 결론…. 서로의 정신만 사나워지니…. 서민들은 대표자들의 결정에 의해서 생존의 문제가 갈리니…. 나는 다만 예술가로서 관망하고 싶지만 이 몸과 정신과 영혼에 새겨진 피는…. 부당함은 참으로 잊지 않으니…. 그렇지만 나는 화해와 협력과 공존하는 것에 더욱 끌린다. 힘내자! 한반도여….

○

쉽지 않은 색채공부

누가 쉽다고 하는가?

색채는 결딴을 내지 않으면 다가오지 않는다.

보색의 의미를 아는가?

색의 대비 색의 비교 색의 공교로움

나는 색을 쓸 때 색의 분위기와 색의 사랑을 본다.

색이 색을 사랑할 때,

색깔은 본모습을 드러내고 빛을 보인다.

색은 누구나 칠할 수 있지만

명암과 형태에 길들여진 화가들은 절대 일어서지 못한다.

절름발이의 균형도 모르는 그들은 나의 색채에 굉장한

두려움에 툭툭 먼지를 뿜지만 나는 전혀 상관없이

색채를 다룬다. 그것도 부드럽게 상냥하게 거칠게.

○

예술이 나에게 말하는 건

갈증이 난다. 또렷한 의식의 이곳에 긴 벤치에 앉아 빈 책을 펼친다. 구름에 활자들은 날아갔고 몸뚱이의 눈동자가 힘을 잃어간다. 긴 잠을 자고 깨어나니 38년의 시간이 덮친 내가 서 있었다. 예술 작업이 생명줄을 쥐고 흔드는 게 아니라 오히려 외딴 방에 가둔 것은 나였다. 그림의 세계가 펼쳐지던 시초가 된 여섯 살 아이의 붓과 먹물…. 외려 따라 부르던 성경책이 남긴 시 한 편에 등 그런 모양으로 기도드리던 아이는 정신의 장애가 더욱 자랑스럽던 그날의 시큼하던 육체의 향기. 사람을 만나 사랑을 한다는 건 사치스러운 수집과도 같았다. 섹스를 즐기던 것보다 자위가 더욱 끌리던 시절이 지나고 여성의 품이 가혹하다는 걸 알았음에도 툭 툭 쳐내던 치기. 어린아이의 시선은 색채와 형태 그리고 마음에 기이한 형상을 만들어 복제하고 있었다. 성인이 되는 건 38년 동안의 잠이 아니었고 더욱이 꿈도 아니었다. 시간이 부풀린 많은 수의 작품들이 물속에 잠긴 건 고독의 핏물이 자아낸 자아의 습관이었다고 어렴풋이 알게 된다. 멈추기 싫다. 이만하면 됐다고 이만하면 된다고 하며 자기애로 작업하고 고만고만한 실력으로 먹고사는 딴따라 같은 얼치기 예술가는 진심으로 되기가 싫었다. 등급이 매겨지는 건 아니지만 최소한 0.01퍼센트의 확률로 나아가는 예술은 궁극적인 확장을 스스로 이루어 낸다. 그때는 수치도 불필요하며 만물이 생동하는 순간순간이 웃음이 아닐까 한다. 눈물이 흘러내려도 꾹 참고 하루를 집중하는 일들이 많아진다면 공간의 차원이 어떠한지 궁금해지지 않는다. 사랑. 정신은 곧추섰고 육체는 면밀하다. 곧 죽어도 좋으리라며 광야에서 외쳐도 행위가 기억날 뿐. 과정의 물질은 사라진다. 훌륭한 작품으로 세상에 뛰어들어도 인간 그 자체의 창에 갇히면 모든 것이 허무와 조롱거리이다. 예술이 말을 걸어오면 잠시 멈추고 안녕! 인사를 할 때. 그때가 첫 경험의 야릇하며 어설프며 바동대는 꼬락서니의 순간.

오늘 호찌민 성당에 가서 기도를 드렸다.
교황의 방문이 어떤 의미인지 알아야 한다.
그만큼 한반도가 심각한 문제를 안고 있다는 이야기이다.
세상은 하나로 촘촘히 연결되어서 한반도만의 문제가 아니라
전 세계의 문제이기도 하다. 하루에 30분의 운동과 10시간의 공부와
작업을 하니 몸도 건강해지며 떠오른 생각이다. 떠나고 싶은 자 떠나고 오고 싶은 자 오라! 그러나 사랑이 없다면 영혼은 공허의 바다에서 영원히 떠오르지 않으니….

타이베이의 하늘은 무겁고 따스한 훈풍이 습하다.
아무도 없는 환승장에서 마음을 비운다.
잠시 공기 쐬러 비자 발급받았다가 30분 만에 다시 환승장으로

돌아왔다. 가을의 문턱은 멀고 시간은 더디게 상처들을 치유한다.

○

호찌민 생활 일지

데탐 거리 여행자들의 거리에서 동네친구들이 생겼고

조금 걸어가면 시장에 파라솔에서 커피 파는 놀이터가 생겼다.

호텔 옆은 맥주와 디스코의 가게가 단골이 되었다.

5일간 부지런히 돌아다니기보다 놀고먹고 자는 게 하루다.

한 가지 도드라진 점은 유럽에서나 아시아에서나 나의 돈 씀씀이는

갈팡질팡 종잡을 수 없이 빠르다는 것이다. 벌써 보름치 이상의

생활비가 나갔다. 딴에는 계획적이라 생각했는데 놀다 보면 쑥쑥

돈이 나간다. 그럼에도 동화 그림의 구상이 끝났고 시작으로 오늘

한 점 그렸다. 색연필만으로 그려야 해서 심심하긴 하지만

화가가 재료를 따질 이유와 여유는 없다. 한편 신선하고 아름다운 미소의

아가씨와 인사하며 귀여운 아기들과 인사하면서 나도 결혼을 해서

아이를 키우고 싶다는 생각이 든다. 하지만 아직은 많이 이르니

좀 더 후에…. 생활의 기술로 서바이벌만으로 100유로로 파리에서

6개월을 지낸 적도 있는데 이건 하루에 100유로라니… 반성하

고 있다. 결혼 생활의 태반은 경제문제라는데 나는 경제 감각이 남다르게

다르니, 보통의 여자들은 만나기 힘들겠다. 그러므로 작업에 집중하고

삶에 집중하며…. 틈틈이 패션 디자인의 골격을 탄탄하게 만들기도 하고

할 일은 참 많다. 그리고 잠잘 시간도 참 많다. 꿈은 깨어서 걸으며 꾼다.

○

호찌민에서의 오늘

맑음. 밝음. 하릴없이 분주한 사람들.

공존의 의미를 느끼는 시간.

골목마다 후미진 쪽방에서도 아이들은 예쁘게 자란다.

길목마다 차지한 오토바이들의 절반은 갈 곳 없어

헤매며 요지부동이다.

환함. 웃음. 친구들.

나의 얼굴은 친절하다. 나의 수염은 놀라움이자 흥미롭다.

아름다운 아가씨들을 보며,

아침에 공원에서 열린 인민재판이 떠오른다.

흥미가 다 가도록 부지런히 오토바이와 걸음을 걷는다.

○

장벽이 없는 세상

그 사람이 말했습니다

우리는 모두가 희망을 노래하기보다

우리는 삶의 고통에서 벗어나길 원한다며

그 사람이 말했습니다

세상에는 우리가 알지 못하는 아픔들이 존재하니

자신이 비록 아프고 힘들어도 그것을 극복하길 바란다며

신의 음성이 들리는 지금

저는 듣습니다

너희가 아파하고 너희가 고통을 받을 때

곁에서 함께 울어주는 이가 있으니

슬픔이 밀려오고 슬픔이 가슴 저려도 잊지 말라며

그 사람이 말하는 바를 저는 느낍니다

세상에는 보이지 않는 장벽들이 사람 사이에 놓여져

누구는 누구를 빗대고 누구는 누구를 원망함을

저는 바랍니다

장벽이 사라지는 날까지 부르고 또 부르는 영혼의 노래가 울리길

저는 바랍니다

아무런 조건 없이 사람과 사람이 서로를 사랑하며 안아주길.

색채로 읽는 언어

○

색채로 읽는 언어, 언어로 읽는 색채
검정

하나의 빛으로 일어서라, 몽상의 색, 우주에서 비치는 사랑

먹을 갈아서 먹물의 농도를 눈으로 확인하고 직접 붓으로 색을 칠하면 그 안에는 우주가 있음을 알게 된다. 나의 최초의 색은 검정이었다. 색채를 다루는 연습으로 먹물만큼 좋은 것이 또 있겠는가? 하는 생각을 한다. 검정의 미덕은 하나의 빛으로 일어서는 데 있다. 검은색의 아름다움은 빛의 변화에 시시각각 변한다. 우주는 태초에 어둠에서 시작되었고 검정에서 빛을 이루었다. 공간은 화려한 색채들을 꿈꾸지만 검정이 존재하기에 밝음이 존재한다. 검은 눈물이 흐르는 역사에서 생명은 온전하게 잠을 자기 위해서 검정빛 정신에 몸을 누인다. 몽상한다. 색채가 가진 아름다움에서 빛은 검정에서 나와 가지런하게 퍼져나간다. 만약 당신의 영혼이 무채색으로 훨훨 날뛰고 싶다면 검정과 악수를 나누어라. 당신의 날개는 검지만 화려하고 당신의 마음은 밝지만 새까만 고요가 가득해질 것이다.

○

색채로 읽는 언어, 언어로 읽는 색채
남색

짙은 여운, 생의 그림자, 끝나지 않은 빛

어디에서 본듯한 뒷모습이 여운을 남길 때 남색은 정지한다. 필요에 의한 색채가 아님에도 중간의 어스름이라는 이름으로 불릴 듯한 짙은 낭만의 색깔. 무지개가 뜨면 무지개를 지탱해 주는 색채로서 인생에 비유하자면 청년이라기보다 중년의 시간에 맞춰져 있다. 화면의 공간성을 이루는 것은 원색보다 중간 톤의 알맞은 조화이다. 그 조화를 이루는 남색은 생의 그림자에 비견되며 빛이 끝나지 않았음을 알려준다. 자연에서 나오는 촘촘하고 면밀한 단단함은 남색의 고독과도 닮았다. 색채를 다룬다는 것이 익숙한 기교에서 나오는 면이 있지만 실상은 늘 색채가 새롭게 다가와야 하고 낯설어야 한다. 그럼에도 색채의 구성에 관한 오해로 인해서 늘 연습이 필요하고 익숙해져야 한다는 강박을 심어주는 것 자체가 잘못된 것이라고 나는 말할 수 있다. 고요한 아침이 오기 전 새벽빛의 주인공인 남색의 마음에 들어가서 색채를 이루는 공기를 마시기를 권유하는 지금이다.

○

색채로 읽는 언어, 언어로 읽는 색채
노랑

가난을 위한 노래, 빛의 눈물, 맑은 상상의 숨결

이 세상이 물질로만 이루어졌다면 노랑은 숨죽여 가며 내밀해지다가 사라지지 않을까 싶다. 영혼을 읽는 색채로서 가난한 이들의 마음에 숨결을 넣어주는 색채가 노랑이다. 잠들지 못한 자 잠들게 하고 희망이 없는 자 희망을 넣어주는 색깔. 환하고 일렁이는 빛깔이 춤출 때 생명은 진동한다. 공간의 구성에서 노란색이 사라져도 공허한 공기가 아닌 충만한 공기로서 존재하는 힘의 노랑. 자연의 색채에서 드러내지 않으며 빛의 눈물이 되어 흐르는 것이 바로 노랑의 아름다움이다. 신이 허락하고 신이 내려준 선물. 만약에 당신이 당신의 공간을 구성하고 화면을 이루는 색으로 노랑을 선택했다면 조금은 신중해야 한다. 너무도 밝아서 사라지는 색채이니 적절한 여백으로 노랑을 채워야 한다. 때로는 미움이 가득한 색. 상대방이 노랑으로 가득 차서 사라지기를 바라면 지상은 흔들리며 그 상대를 삼킨다. 더불어 살아가는 색으로 노랑을 선택했다면 노랑 혼자서 일어서는 흔들림에 살짝 붉은 입김을 넣어라. 생기는 돋고 노랑이 주는 바람을 맞은 색들은 발랄해진다. 숨김이 없이 도드라지지도 않는 빛, 그럼에 고매한 숨. 노랑은 당신이 목마름으로 맞이하는 하루를 견디게 해주는 물이 되어 반짝거리며 찰랑일 것이다.

○

색채로 읽는 언어, 언어로 읽는 색채

보라

은밀하게 내리는 비, 눈 내리는 풍경의 색, 폭발하는 분출의 빛

뜨거운 공간에 은밀하게 내리는 비가 몸을 적신다. 다양함의 상
징처럼 이루어진 색채. 그리움이 커지면 그림이 된다고 했던가?
화가에게 보라는 회색에 가까운 빛의 소용돌이를 일으킨다. 색깔
을 다룬다는 것이 힘이 되는 시대. 인간의 역사에서 색채는 많은
것들을 이루었다. 잠잠하다가도 파도가 거세게 몰아치는 풍경에
놓이는 분출의 빛. 보라는 정신의 긴장감을 더해주고 극적인 시각
적 환상을 일으킨다. 모든 사람들이 색채에 노출되어 있는 상황에
서 자신이 좋아하는 색깔에는 발걸음을 멈춘다. 침묵하거나 기뻐
한다. 공상의 색. 보랏빛에 물든 설국은 겉으로는 차분하고 조용
하지만 언제 폭발할지 모르는 곤두섬이 늘 내재되어 있다. 색채의
구성을 제대로 이해하고 사용하려면 보다 부지런하게 자연의 색
들을 관찰하고 인공 색들의 배치들을 면밀하게 관찰해야 한다. 정
교함 속에 느슨함이 있으며 견고함 속에 여백이 숨 쉰다. 보랏빛
바람이 보랏빛 햇살에 녹아내리는 오후의 한때. 아름답다.

○

색채로 읽는 언어, 언어로 읽는 색채
빨강

고독의 힘, 무의식의 날개, 빛을 잃어버린 거리의 색

빨간색은 흰색이 배합되거나 흰색이 제거되거나 그 차이는 미약하다. 공간을 붉은색으로 이루는 것은 자칫하면 공기의 흐름을 끊어버리는 역할을 하지만 적절한 분배의 빨강은 공간의 힘을 보여주며 숨통을 트여준다. 빨강은 빨강으로 존재하지만 간혹 노랑과 만나거나 파랑과 만나면 더욱 깊은 맛을 보여준다. 색채를 다루는 힘은 생각을 다루는 힘과 비교해서 크게 다를 바가 없다. 시간이 흐르면 붉어짐은 엷은 오렌지빛으로 나타나기도 하지만 빛의 세기에 따라서 그 본래의 색채가 변화한다. 화가가 색깔을 만들 때 빨강 자체로서의 존재감을 드러내거나 아니면 숨기고 싶을 때 주변의 색과 빛에 대한 면밀하고도 정확한 분석이 필요하다. 핵심은 1센티미터의 빨강에 10센티미터의 다른 색이 만나는 지점을 잘 활용하면 공간의 구성이 꽤 단단해지며 시각적인 명상을 이룰 수도 있다는 점이다. 왜 빨강이 고독의 힘이냐면 빨강은 혁명으로서의 붕괴가 아닌 혁명에의 길을 지시하는 색채로서의 역할 때문이다. 무의식의 날개가 달린 붉다는 쓰러짐이 아니라 일어남을 상징함으로써 의식의 체계가 곤두선다와 밀접하기 때문이다. 대중이라는 말을 좋아하지 않지만 군중들이 거리에서 쏟아져 나올 때 붉어짐은 힘의 상징을 잃고 다만 서로가 서로에게 의지한다는 믿음에서의 색이기 때문에 빛조차 필요 없는 이유로 빛을 잃어버린 색으로 빨강을 지정한다.

○

색채로 읽는 언어, 언어로 읽는 색채
주황

홀로 일어서는 색, 그리움의 저편, 욕망을 사랑하는 타자

1인칭의 관점에서 주황은 홀로 일어나는 색이다. 태양의 색은 이 주황의 자립으로 자유로워진다. 색채는 배합과 적절한 대비와 균형 있는 색의 발색으로 이루어지며 주황은 기꺼이 자신의 색을 다른 색채들에게 내어준다. 자연에서의 주황은 훌륭한 미덕이지만 인공물에서의 주황은 자칫하면 시각의 흐름을 방해하고 끊어버리는 역할을 한다. 얼마나 자연스럽게 주황을 배치하는가에 따라서 시각을 다루는 자들의 실력이 드러나며 보는 사람의 공허를 메운다. 노을이 지는 풍경. 인간의 생애가 삶과 죽음이라면 인간의 일생에서 주황이 끼치는 영향은 지대하다. 낮에는 해로 밤에는 달로 이루어지는 색깔이기에 늘 곁에 있지만 그리운 것이다. 인간의 욕망이 사라지지 않는 한 결코 무릎을 꿇지 않는 주황은 욕망 그 자체지만 타자로서의 엿보기와 설렘으로 언제나 노랑과 비교되며 논란을 낳는다. 하지만 여기에서 말하고자 하는 바는 색깔은 색채 자체로서의 본질이 난잡하지 않고 정갈하게 다른 색채들과 합일될 때 아름답다는 점이다. 인간의 하루가 너덜거리지 않고 홀로 섬은 오래된 균형의 훈련이 있기에 가능하다. 주황은 균형과 조화를 펼치려고 하지만 다시 말하자면 자연의 색으로서 흡수와 팽창을 하는 것이지 인공의 색으로서의 조화는 거의 불가능에 가깝다. 그럼에도 화면에 골고루 필연적으로 펼쳐지거나 단 하나의 색으로 주황이 존재할 때 빛은 주황에게 인사를 건넨다.

○

색채로 읽는 언어, 언어로 읽는 색채
초록

싱그러운 음률, 빛의 힘찬 파편, 생명이 잉태되는 근원

빛이 흩뿌리는 과정에 초록은 반짝이며 소리를 낸다. 그 맑고
도 힘찬 음률은 생명에게 인사를 건네고 마음을 위로해 준다. 숲
은 초록으로 인해 아침을 알리고 초록으로 해님의 곁에 있다. 색
의 구성에서 초록은 가벼운 발걸음과 같다. 무겁고 무서운 세상에
필요한 웃음을 주는 색깔로서 본연의 의무를 다한다. 색채의 공간
은 초록의 발자국에 움푹 기쁨을 알리며 조화로운 색채로서의 빛
을 받는다. 만일 그대가 쉴 곳이 없다면 가까운 숲으로 가서 호흡
하기를 바란다. 초록은 충만하게 당신을 안아줄 것이며 조용하게
스며들 것이다. 이 세상에 존재하는 색깔들은 불필요한 색이 없다.
화면을 이루는 시간에 초록의 친구인 고요한 소곤거림에 정신을
열고 초록빛을 안으로 들여놓기를 권한다. 초록의 아름다운 싱싱
함은 당신의 좋은 동료가 되어주며 당신을 응원하기에 공간에서
의 초록은 중요한 시작이자 마지막을 이야기한다. 풀잎의 초록은
자연에서 나왔으며 그림의 초록은 비록 인공적인 손길이 닿지만
초록 자체로서의 밝음을 발산한다. 초록 물결이 펼쳐지는 숲과 바
다의 고운 시선에 당신의 마음이 활짝 열리기를 바란다.

○

색채로 읽는 언어, 언어로 읽는 색채
파랑

시린 아픔을 극복하는 색, 어둠에서도 빛을 발하는, 신비의 물음표

나는 파랑을 본 적이 없다. 모든 파랑은 가짜였다. 깊은 꿈 하늘에서 비치는 어렴풋한 안개에서 모락모락 피어오르던 빛. 내가 처음으로 본 파랑. 현실에서는 볼 수 없는 파랑은 언제나 잠을 자면 생명에게 덮이는 이불과 같다. 시리고 아픈 기억과 시간들을 얼러 주는 색. 그래서 파랑은 언제부터인가 깜깜한 어둠을 뚫고 나오는 귀한 빛이다. 시각의 저편에서 공간을 신비롭게 만들어 주는 색채로서 파랑은 물음표를 던진다. 고요하게 눈을 감고 차분하게 마음에 물들이는 색깔로서의 파랑은 견고함과 단단함의 상징도 가지고 있다. 오직 파랑 자체로서 모든 공간을 아우르는 힘. 당신이 새파란 꽃을 들고 사랑하는 연인에게 다가가는 순간, 파랑은 수줍은 미소로 화답한다. 입맞춤을 부르는 고운 빛, 영원을 상상하게 하는 빛, 인간은 제각각 각자의 파랑을 가지고 있다.

○

색채로 읽는 언어, 언어로 읽는 색채
하양

고매한 얼굴, 겸손한 색상, 홀로 빛을 이루다

하양빛이 나린다. 하양 색깔이 춤추는 아침, 오후, 저녁. 밤이 오면 슬며시 손을 잡아주는 색. 하양. 홀로 빛을 이루는 색이면서도 겸손하다. 자신을 내어주어 무수한 빛깔들을 이루어 내는 색이다. 하양은 순결하다고 말한 적이 단 한 번도 없다. 순결은 정신과 영혼으로 나타나는 것이지 결코 육체로 말할 수 있는 것이 아니다. 하양은 빨강과 만나면 아련한 빛이 된다. 파랑을 만나면 또 어떠한가? 그 어느 색이든지 받아들이고 내어주는 하양은 고매한 얼굴을 지닌 색이다. 빛이 부서지고 빛이 산란해도 하양은 빛깔들을 지탱하며 화면과 공간을 조화롭게 이룬다. 하양을 어떻게 다루는지에 따라서 화가의 일생은 결정된다. 또한 어둠도 빛을 내니 하양은 온종일 곁에서 함께 있어 주는 친구이다. 당신의 하양이 어떻게 밝음을 내는지는 모르지만 모든 이들의 마음에는 하양이 색을 혼합해 주고 생각들을 이루어지게 하며 공간에서의 고독을 맑음으로 씻어준다.

성경을 읽다

○
기도는 절대적인 고독과 같다

기도는 절대적인 고독과 같다

나를 벗어야 하고 너를 벗어야 한다

시간에 얽매이지 않고 영혼의,

공간에서 시간을 멈춰 오직 한 분에게

자신을 내 맡기고 편안하게 눈을 감아야 함에

그 어떤 악성이든 그 어떤 변명이든

이제는 알아야 한다

비록 현실에 내어진 법과 질서라는 것에

동조하고 따를지라도, 실재의 그대 마음은

열리지 않는 문 앞에서 한없이 고독에 떨며

하염없이 눈물 흘리며 꽃을 피우기 위한 씨앗임을

광야의 태양은 솟았다 광야의 태양은 진다

쉴 곳 없는 것이 아니라 그곳을 잊은 이

기도의 그 안에 들어오라.

겨울빛 여행

청노랑 바다 그 위에 뿌려지는 강렬한 햇살 보렴

비록 떠 가는 구름 사이에 내 모습 감추어 그림자

거리를 떠도는 사람들의 발걸음에 심어 놓아도

사랑 그 아련한 기쁨의 언어여

사랑 그 슬프디슬픈 아픔의 언어여

부딪혀 깨어진 유리잔처럼 사용을 하지 못해도

인간의 마음은 다시 이을 수 있음을

젊음 그 이후의 나이에서 비로소 떠나는 여행

달콤 쌉싸름한 공기의 바람이여 축복을 내려주길

사랑 그 아련한 상처의 이름이여

사랑 그 어렵고 어려운 망각의 이름이여

나 테너가 되어 부르는 노래에 그 모든 것의 사랑

울리며 퍼져나가네.

성경을 열다 1

페이스북 아랍친구들의 언어를 이해하기가 힘들어 구글 번역을 해봐도 도통 모르겠고 어렵다. 여러 명의 아랍친구들과 실시간 대화를 나눌 때 영어를 사용하긴 하지만 아랍어를 잘 알면 보다 깊이 있게 그들의 마음을 이해할 수 있으련만…. 나는 하느님, 하나님의 의미를 예수님으로 귀결시켜 보기도 하고 부처님의 말씀을 철학으로 받아들이기도 하며 알라의 말씀을 하느님의 말씀으로 대체해 보기도 한다. 결국은 신이 어디에 있든 그 신안에 들어가 자신의 영적 삶을 맑음으로 돌리고 싶어도 세상은 너무나 많은 피를 흘려 고통의 장이기도 함을 이해해야 한다고 생각을 하기도 한다. '삶의 자유를 성경으로 찾아 성경을 열다'라는 주제로 작업을 진행 중인 나로서는 그 광대함과 어려움에 봉착해도 웃으며 내가 할 수 있는 한계에서 진행을 할 뿐이다. 타인에게 감동을 준다는 건 무척이나 힘들고 스스로가 감동하기는 더욱 힘듦을 안다. 나르시시즘이 아니라 진정한 언어로서의 그림을 화면으로 만든다는 건 큰 힘의 소모가 필요하다. 하나님의 사랑. حب الله

○

마태복음

어린 애기가 어머니의 품에 안겨 고요히
잠들어 꿈결에 하느님께 닿아 있다
그 아기의 어머니도 아기를 따라 하느님께
닿아 평화와 자유를 마음껏 모성애로 깨어
세상 그 어느 보금자리보다 편안한 자신의
따스한 품에 아기를 안아 하늘로 받든다
아이들을 보라 그들의 눈망울은 사랑이 담겨
한없이 자애를 어른들에게 구하며, 용서
그렇다 서로가 서로를 용서함이 당연함을
아기가 웃음으로 눈동자 밝게 이야기한다
사람이 사람의 아들에게 사랑을 주고받음은
당연함을 우리들은 알고는 있는가?

사랑찬가

사랑의 다리를 건너는 이들이여 천사의

음성 듣나요

다시 오지 못할 시절의 아름다운 그대여

지금 나와 함께 있는 것이 사랑이라면

그 얼마나 행복하고 좋을까요

시간의 덧없음에 세월 빛바랜 사진으로 남는다지만

걱정 말아요 지금은 우리 둘만의 시간 충분하니

사랑의 다리를 건너는 이들이여 천사의

음성 듣나요

조용하고 감미로운 음악소리 들리우면 그대

잠결에 고요하게 찾아가 안아드려요

내가 사랑하는 것은 그대의 껍데기가 아니라

순정 가득하고 순수함 차오른 그대의 영혼임을

사랑의 다리를 건너는 이들이여 천사의

음성 듣나요

나 오늘은 그대를 위해 붉은 장미 한 다발 사서

그대 집 앞 골목길에서 아름다운 밤빛 날리며

그대 기다리며 살며시 웃음 지어요.

○

자화상

한때는 사랑이 모든 것을 말하여 준다고 믿은 적 있다 사랑하는
여인의 체취가 물씬 묻은 공기를 좋아하며 그 사람의 발걸음을 사
랑한 적 있다 하지만 물거품 같은 사랑은 깨어진 유리처럼 조각을
맞추기 어려웠고 사랑의 대상은 불투명해져 갔다 2003년 홍익어
린이 놀이터에서 만난 수잔이라는 미국인 여성이 길고 긴 키스로
나의 몸을 녹여주었다면 2005년에 만난 마리아라는 콜롬비아 출
생 현대무용가가 내 영혼의 아픔을 따스하게 녹여주었다 그 당시
잊지 못할 두 여인이 또 있는데 김연숙이라는 파리 8대학의 철학
과 조교수와 보자르 미술학교의 학생이던 민정연이라는 화가이다
미친 듯이 파리의 중심가를 헤매고 다니며 패션의 아름다움도 눈
에 차지 않고 다만 사람들의 이해 못 할 언어들의 향연에 포도주
가득 취해 있던 나에게서 삶의 일상이라는 것을 알게 해준 두 여
성을 잊을 수 없다 그러고 보니 2005년 이후 여자의 향기라는 것
을 잊고 산 것 같아서 시간의 빠름에 새삼 상념이 깊어진다 오래
전 만났던 여성들은 모두 무얼 하며 살고 있을까 생각해 보면 그
네들도 삶의 현장에서 노력하며 땀 흘리며 생을 이어가리라 짐작
된다 2012년 겨울이 다가오는 현재의 나에게 있어 사랑은 사치스
러운 것보다 머나먼 공허 같은 메아리와 같다 그 어느 누가 나를

이해하며 함께 연애를 하며 사랑을 나눌 것인가 일말의 기대감조차 사라진 지 오래여서 조용하게 차분히 기다리고 기다릴 뿐이다 그렇다 마리아의 현재 모습은 한 사람의 성숙된 예술가로서 매력이 넘치는 무용가로서의 삶이 빛난다 수잔은 영어를 전공한 사람으로서 그 어느 나라든 가서 그녀의 지식이 필요한 사람들에게 나누어 줄 것이고 철학을 하는 김연숙은 사념의 깊이와 생각의 깊이를 잘 조율하여 학생들을 가르칠 것이고 좋은 작품으로 인정받는 민정연은 보다 더 넓은 화폭으로 사람들에게 다가가서 널리 그림들을 알리고 있으리라. 그럼 나는 무엇을 하고 있는가? 긴 방황의 시작과 끝을 모두 불태우고 이제는 하고 싶은 그림을 그리며 글을 쓰며 삶의 노래를 하느님께 드리며 지낸다 비록 연인은 없어도 외롭지 않음은 언젠가는 그 누군가 사랑스런 분을 만나리라는 막연한 생각이 들어서이다 나 비록 매력은 없으나 매력 있는 예술을 하고 싶은 마음과 욕망이 가득하기에 아직은 청춘이요 아직은 미성숙한 자아를 가진 예술가임을 나는 잊지 않고 있다

○

그대의 별

청명한 은하수 끝자락 별 하나 보이나요
그 별이 당신의 별이랍니다
무수히 많은 자갈밭에서 찾지 못할 당신의
순수한 영혼 땅이 아니라 하늘 위에 떠 있음을
알고 있는가요
그대의 별은 매일매일 색깔이 변한다는 걸
오늘은 노랑 내일은 파랑 어제는 하양
알고 있는가요
그대의 별 옆에 수줍은 별 있다는 걸
고백을 하지도 못하고 마냥 그대 별 곁에
나지막이 숨죽여 고요하게 노래 부르는 별
알고 있는가요
그대의 별은 매일매일 색깔이 변한다는 걸
오늘은 초록 내일은 빨강 어제는 까만

○

콘트라베이스

손등 손바닥 어깨 머리 정수리 꽉 밟은 발가락
허리의 지탱 숨 트이는 진공의 활과 현 크지 말렴
고뇌야 자라지 말렴 아픔아 온몸 안아 올려 손가락
마디마디 쉼표를 내리는 문.

○

0과 1

신은 죽었다고 하는 이들에게 한때 나도 신은 더 이상 인간의
세계에는 없고 오직 돈만이 신임을 생각했던 적 있다 말하고 싶다
하지만 나이가 들어가면서 만나본 사람들은 그 영혼이 떠돌아다
니며 깊이 사랑을 나누고 싶어 함을 눈치챌 만큼 가난한 영혼들이
많았다 인간이 살아가며 몇 명과의 사람과 사랑을 나눌까 궁금해
서 지금 떠올려 보니 그리 많은 이들과 사랑을 하지 못함에 가여
운 존재임을 느낀다 하지만 보라 인간이 사람의 아들딸로 태어나
자신 안의 마음과 삶으로 상대방을 이해하고 좋아하고 함께함은
이성이든 동성이든 축복이니 비록 성경에 나오는 간음하지 말라
는 구절의 확대해석으로 고통받는 자 있을지라도 자유로워라 네
정신아 자유로워라 네 영혼아 자유로워라 네 육체야라고 말하고
싶다 누구나 꿈꾸는 사랑은 자유로운 대지에 핀 들꽃들의 향연이
요 비싸고 향기로운 듯 뽐내는 프랑스 향수보다 더욱 진한 사람의
향기요 막대한 가격에 놀라는 보석보다 빛나는 굴절의 빛이요 새
삼 무슨 수식어가 필요하랴 사람이 사람을 사랑함은 부끄러움 아
니요 절대적인 것도 아니라 자신이 자신을 사랑함이 모자람은 상
대방이 함께 채워줌을 반대로 당신과 나 또한 상대의 모자람을 채
워주니 이 세계를 둘러싼 습한 기운 어서어서 물러나가서 저 블랙

홀에서 사라지길 명하오니 그 믿음의 기초는 바로 자신이 기대며 선 신께 있으니 저마다의 종교여 빛나라 힘을 내어라 올라서 우주를 비추는 별빛들 되어다오 사람과 사람의 화합을 원하니 어서어서 죽음을 부르는 전쟁과 전투 그리고 살인은 사라지렴. 이는 내 사랑하는 주님의 말씀이니 사랑하렴 사랑하렴 이 몸은 곧 너와 함께 영혼이 하나 되는 지점이니….

계속 걷겠나이다

우주에서 내리쬐는 밝은 빛 찰랑이며 고이 퍼질 때

죽음을 부르는 전쟁의 포악한 현장은 어린아이를 피해가지 않

는다

신이여 포성이 멈추고 평화로움 다시 찾아올 때까지 사람은

어디로 가서 이 지옥 같은 살육의 고통을 견디어야 하나요

예루살렘의 빛이 핏빛 붉음이 아닌 초록빛 나뭇잎일 텐데

어찌하여 사람과 사람의 길이 건너지 못할 검은빛 강으로

흐르고 흘러온 육신 온 영혼이 온 정신이 사라지나요

신이시여

관여하지 않으시는 듯 보이시나 언제나 함께하시는 분이시여

이 처참하고 어둠이 질퍽하게 짙게 내린 빗방울들을 어서 어여

거두어 주시어 한 우물에 모두 모아 지옥의 끝자락으로 내리시어

모두 불살라 주오소서

신이시여

인간의 죄가 하늘을 덮을 때 오실려나이까

이미 우주에서 불어오는 바람에도 영혼 죽어 있는 이들을

불쌍히 여기셔서 그들의 아픈 정신을 치유하소서

우리는 평화를 바라며 신의 부름이 있을 때까지

고통과 아픔이 교차하며 지옥 불에 있는 영혼들을 위해 기도하며 사랑의 노래 부르며 계속 걷겠나이다.

○

현재 2012년

여섯 살 때 서예를 배우면서 시를 쓰는 것을 생각했었다 그러다
가 열 살이 되어 시를 쓰기 시작했다 그 무렵이었던가? 세례명이
가브리엘이 되고 성당에 가기가 싫어졌을 때가 그때였는가 보다
하느님의 사랑이 무엇인지 헷갈리기 시작했었고 마냥 생각을 하
기를 좋아하고 노는 것을 좋아하게 된 후 미래에 대한 생각은 분
명 시인이 되어 있을 것이라고 단정 짓고 시간을 흐뭇하게 연결
지어 보냈었다 몇 년 뒤 그림을 그리게 되고 막연히 10년 뒤 화가
가 되어 있으리라 생각했을 때 시를 마음에 품고 밖으로 표출하지
않았다 시간이 두런두런 소란스럽게 흘렀을 때 화가가 되어 있었
고 시를 생각하며 바보같이 세월의 기생충이 되어 있었다 3년 전
부터 시를 쓰기 시작하고 글들을 쓰기 시작하여 최근에 전자책 예
술,《그 안에 들어가다》라는 책을 내게 되었다 요즘엔 성당에 다시
나가기 시작하여 성가대에서 못 부르는 노래지만 기도를 드리며
삶의 한 단위를 평화로움으로 바꾸려고 노력 중이다 생각해 보면
생활의 흔적들이 너무나 지저분하고 엉망진창이란 걸 느끼게 되
었다 그렇다고 마냥 그 상태로 나를 맡겨두고 살아가기에는 주어
진 일들과 달란트가 있기에 정신을 놓지 않고 바르게 걸을 수 있
을 때까지 노력하기로 했다 인생이 남들하고는 참으로 다르게 흘

러가기에 속으로는 눈물도 많이 흘리며 가슴 아프게를 연발하며 삭이고 삭이는 절절한 밤과 낮의 일상들 뒤늦게 막노동과 편의점 아르바이트를 병행해서 하기도 하고 그림 재료들을 사서 '성경을 열다'라는 주제로 몇 년 만의 개인전을 준비 중이다 성경에 대해서 알지도 못하고 알 수 없지만 단편적인 인상들과 사람들의 깊은 기도에서 나오는 빛으로 그림을 그리려 하기에 어렵다, 쉽다의 말로는 할 수 없다 멈추어짐, 채워짐, 두근거림, 꼬꾸라지는 별, 악의 유혹, 천사의 합창, 예수님의 간곡한 말씀, 사랑하라, 사랑하라, 사랑하라 그럼에도 나는 사람을 사랑하는 방법을 모르고 이유도 모르고 아무것도 모르는 듯 멈춤 이후 아기의 걸음마처럼 하나씩 하나씩 엎어졌다 일어섰다 반복하여 결국엔 걸음을 배울 것이고 사랑을 할 것이다….

○

어느 시절

산 하늘 아래 들어가 은하수를 보다
머리 까까중인 나의 뒤통수에 부는 바람에
정신 번쩍 부처님 소리 들린다
가라 가거라 너의 길로 돌아가
살아가며 이 무수한 번뇌의 별빛들 잊지 말라
순간,
너무도 아름다워 눈물 마르고 입가에 웃음 퍼져
냅다 승복을 사람의 옷으로 갈아입고
뛰었다 멈췄다 아팠다 눈물 아니 흐르지 않으니.

○

이웃사람

굴절 없이 투과된 가면 쓴 얼굴에 속아 내 모든
마음을 꺼내 보여준다 선의 얼굴은 벗겨지고
못나고 비뚤거리는 속내가 냄새 고약하게 피어
온 세상 비틀며 활활 불타오르며 퍼진다
그러나 잊지 말라
인간의 온갖 악성도 대낮 빛에 비치면 굴절되어
무지갯빛 환상으로 이야기를 건네니
가난 질병 고뇌 아픔 절박함 고통 이 모든 것
내려놓아 이를 아시고 미리 앞길을 준비하시는 분께
감사의 기도를 드리니,
일어서럼 그 가면 쓴 이도 용서하럼 그러시니
네 알겠습니다 못내 마음은 고약스레 아리지만
벗고 던져버리듯 훨훨 날려 보내니 이 마음 곧
편안하게 하루의 고난 이겨내고 고이 잠듭니다.

○

고귀한 당신

저 별을 보세요 새벽 눈 부스스 뜨고 흘깃

보이는 저 별 무리 달콤한 바람 곁 뜨이는

당신의 별 보세요 어떤 생명들이 숨 쉴지

모를 당신의 별 그 안에 수 없는 생각과 영혼

숨 쉬며 오늘을 버티며 힘겨웁지만 따사로이

숨 움켜 쉬며 고이고이 힘내며 산답니다

보셔요 늘그막이 쓰러지듯 겹겹이 입은 고집도

사근사근 잦아드는 별빛의 온화함을 보세요

당신의 별은 그 누구의 별과는 다르고 전혀 다르답니다

각각의 각자의 이내 마음에 이내 영혼에 머무는 빛깔

어떠한 색으로 순간순간을 칠할지는 당신의 자유

보소서 님의 사랑으로 임의 별 움직이소서 부디….

먼지가 우주를 만드니

날아보렴 두 눈 질끈 감고 빛나는 사슴뿔 기억하며 날아보렴

네가 있는 모든 자리에는 사랑이 머무니 기억하렴 떠올리렴

기쁨 네 안에 있으나 사악한 악의 입맞춤 고독을 가장한 뼈니

우리가 오고 우리가 가는 것은 행성의 움직임에 자연스러움 더할 뿐

사랑 그래 우리는 사랑을 이야기하지 그러나 그대에게 맞는

그런 사랑은 스스로의 발걸음으로 계속 여행하여 얻음을 알아야 해

우리는 사랑 우리는 꿈 우리는 시간 우리는 절대적 욕망

느끼고 이루고 느끼고 바랄 때 이 지난한 가난의 비루함 사라지리

찬양을 이야기하기 전에 우리는 자기만의 방에서 예쁜 색 하나

살짝 안에 감추고 들고나와 만나는 이들과 함께 맞춰보며 웃음

죽도록 기쁠 웃음 웃으며 서로의 색을 혼합하여 걸어가야 하리

맨 마지막에는 그 색의 빛깔이 회색이 될 때 그 회색은 세상에서

본 적 없는 깊은 울림 퍼트리고 자지러지듯 웃으며 환희에 들어가리.

○

오늘의 와인

신선한 떨음으로 입가에 도는 올해의 와인에 기쁨의 포만감
깊이깊이 스며 파리의 어느 공원에서 홀로 따스한 햇살과
불어오는 바람의 미소에 사랑스런 웃음으로 화답하는 듯
파리지앵들과의 인사를 눈빛과 입술로 아련하게 사르륵
녹는 아이스크림 같은 시간으로 만들고 대한민국 한반도
사랑하는 동포들의 고단하고 힘든 하루의 노동에 한 잔
이 사랑스런 와인을 모두에게 따라 주리라
힘내세요 행복하세요 빈말 아닌 진심으로 악이든 선이든
고루 햇볕 내리어 사이사이 감싸니 영원하리 그대의 꿈
지속하라 나의 꿈 평화로 와서 평화로 가신 주님을 떠올리니….

○

첫사랑

낯선 생각 들어와 싹을 올려 꽃 피운다
사람의 생각이 습관에 의지하여 절름댈 때
그 낯선 생각은 향기를 품어 퍼진다
한 사람을 사랑함은 곧 나를 버림이요
한 사람을 사랑함은 곧 내가 당신이 됨을
밤하늘 별빛 고요하게 울리며 노래할 때
사람의 고독은 순수로 돌아가 어린아이의
눈망울 그렁거리는 눈물로 변해
단 한 사람만을 바라보며 미소를 지으려 한다.

○

파리

눈빛으로 어눌한 언어로 파리지앵들과
사랑을 나누었다 정신적인 영혼으로
그들과 육체로 맺은 적은 한 번도 없다
그대 사랑스러워 스치는 바람에도 애정
흠뻑 젖어 삶 토해 내었다
가쁜 숨 속에 실린 고마움의 표현
늘, 이방인의 마음으로 야만적인 것
훑어 버린 나의 마음엔 그녀들에 대한
기쁜 입맞춤 고이 숨어 흐르며 흐르니….

○

화가

온몸이 얼어도 가슴은 얼지 않아
뜨거운 욕망 아닌 순수 닮은 아이 있으니
번개처럼 확 왔다가 가버리는 건 이해해
언젠가는 감미로운 목소리 들려주겠지
꿈으로 왔다가 바람에 노랑 칠하고 떠난 이
서걱이는 강가에서 걸어간 바닷가에
이름 없는 두 사람의 연인이 기억으로 존재해
비록 그 둘의 운명에 아무 색 넣지 못하지만
할 수 있다면 세상에서 가장 아름다운 색으로
따스한 보금자리 색칠하리라.

○

12월 25일

돌덩어리 호숫가 던져 파문일 때

살며시 열고 들어오는 손님 있어

그 사람 누구인가 보니

아직 걸음마 아니 되는 아기더라

아이야아 사랑스런 아기야

어이해 사랑의 숨으로 우리에게 와

이렇게 웃음을 밝고 환하게 활짝 웃니

까르르르 웃음 터지는 아기는

너와 나 삶을 이야기하는 이 어린아이에게

와서 순간은 아이더라 순간은 아기더라

순간은, 사랑이더라 알려주니

곧 이 영혼 나아 빛으로 가더라.

○

2012년 12월 19일

새로운 바람이 몰운대 바닷가에 불 것인가
아님 썩은 물 고인 4대강의 댐이 무너질 것인가
바람 불면 살랑대는 차가움이라도 좋을 것이요
강물의 비린내가 고여 댐 터지면 물난리 날 것이요
이도 저도 아닌 원자력이 터지면 만사 끝날 것이니
무감각의 제국에 누가 제왕이 될지 이제는 기다리며
결과를 바라보며 10년 뒤의 계획을 20년 뒤의 계획을
국가가 아닌 개인들의 힘들이 모여 인간은 발전함을
바라옵건대 인간을 인간으로 보지 않고 다만 부속품으로
보는 물질숭배자가 제왕이 되어 마음대로 재단하고
부수고 자살로 몰아내는 그런 꼴은 보지 말기를 간절히
간절히 바라오니 인간들이여 자신이 아닌 주위를 보라
헐벗은 자 없는듯하지만 그런 이 당연히 있고
배고픈 자 없는듯하지만 그런 이 당연히 있으니
배우고자 하는 열망의 젊은이에게 등록금 들여대는
그런 사회는 순환의 청명함 없으니 죽은 사회라 미쳐 나도는
피의 살육이 이제는 정신의 살육으로 변했으니 그 은근함에
들어가지 말고 떳떳하게 한평생 밝음으로 살게 님이시여
도와주소서 사람의 아들이 오도록 하소서.

○
기다림

멀리 가지 않아도 괜찮아

네가 바라는 희망은 멀리 있지 않아 가까이 오렴

추운 겨울바람이 세차게 불어오는 곳

모닥불을 피워 약간의 훈풍 만들어 붉은 얼굴 쬐이고

어디선가에서 찾아오는 길손을 맞이하니 함께

침묵의 대화를 나누며 타닥 타는 불덩이에 영혼 비춘다

그가 가고 나도 가고,

타다만 불씨가 하얀 망막을 그립게 풀어주는 어느 지점

다음에 올 사람은 생김새가 남달라 향기로운 맑음

은은하게 풍기며 사랑의 눈동자로 그대를 바라볼 것이다

인류의 불씨는 꺼지지 않을 끈기로 맞이할 별

기다리지 않아도 찾아올 것이요 기다려도 보기가 힘들지라도

샛별은 우주를 가로질러 지구에 닿으니,

차가운 두 손을 불가에서 쬐며 녹이며 하늘을 향해 바라볼지니

순간 녹는 아이스크림처럼 마음에 녹아 평화를 퍼지게 하리라.

가만히 바라보다

갈색비가 내리는 귤빛 세상

노란 옷을 입고 걷는 여인의 뒷모습 아름다워라

어디선가 만난 듯 익숙한 그녀의 발걸음에

사랑의 음표 그려 넣어 연주를 시작한다

우리들의 시간 아니 나의 시간 고요히 중심을 벗어나고

물길 위를 걷는 사람의 아들에 인사를 드린다

갈 길 머나먼 인간의 생애에 어떤 아픔 있어 아플까

아프니 사람이라는 말도 이젠 지겨워지는 상투성

희로애락을 빗줄기에 실어 시냇가로 강물로 바다로

흘려보내어 무언의 아침 고독의 오후 평온의 밤을

기억도록 하는 작은 기도를 드리는 지금

여인은 저 멀리 사라졌고 아쉬운 연애의 감정 물들어

파랗고 초록빛 감싸 안는 지구의별에 기대어 잠드노라.

○

언어

언어를 길동무하기 위한 방법은 없다
언어는 친구가 되거나 방관자가 되는
그런 방법에서 서서히 차오른다
찰랑 오르면 써라 쓰라 쓰십시오
순간,
놓치면 아무것도 없음에 이내
안도의 숨 쉬는 그대는 거짓 글장이니
노동의 언어는 쟁이가 아닌 임이니
손때 묻은 흔적에 기억이 묻힌 어른들은
이미 화석이 된 풍광이니 부디 잘 가시옵소서
라며 인사를 드린다
언어의 그림은 소복소복 소북이며 크게 튼
확성기의 잠 깸이니 순간,
벗어나면 그대도 지금의 언어를 읽고
나 또한 지금의 언어를 읽음이니 그것이 행복이려 하니
어찌 아니라 하올 씨니 고맙수다 하 옴.

○

예술가

생명 불꽃처럼 살며 가는 이의 모습은 처절하리만큼
아름다움이 절절히 흐르고 퍼진다
예술가의 하루가 비록 예술 안에 머물러 완성됨이 아니라
예술 밖에서 이루어지는 수 없는 변화에 밀려갔다 돌아옴은
숙명처럼 가슴에 날카로운 칼 하나를 향기로운 꽃으로
변화시키는 과정임을 안다
이름 없이 죽어간 선배 예술가들의 단 한 점의 그림이
단 하나의 시가 단 하나의 작품이 문득 발견되어 비로소
그이들과 교감하고 마음을 내었다 뱉음의 순환에서
때론 기쁨의 환희가 때론 아픔의 허공이 하늘로 올라가니
밝음이 있는 태양의 아침에 젊은 예술가의 하루도
꿈결이 아닌 철저한 현실로 삶을 이루어 나가는 것이다
누군가의 인정이 아닌 스스로의 인정이 필요하고 위로가
타인에게서가 아닌 자신 안에서 나와 이웃을 끌어안음에
사랑 그 흔한 이름이 고귀하고 순수하게 펼쳐지는 특별함으로
이 한 세상 실컷 따스하게 뜨거운 피로 데워지길 바라본다.

○

화면

그림은 부른다고 나오지 않는다

목청 터져라 부른다고 화면이 만들어지지 않는다

먼저 마음을 내려놓고 눈물 한 방울 두 방울 물감에 넣어라

부르지 말고 기다려라

숨을 고르고 미움이든 사랑이든 아픔이든 절망이든 기쁨이든

모든 감정 혼합하여 화면에 넣어라

그리고는 기다려라

삶의 아픔 고요해지고 잠잠해지며 편안해질 때까지

화면은 비로소 이야기를 건네기 시작할 것이다

끝이 없을 따스한 어미와 아비의 이야기를

아기와 이름 모를 새의 이야기를

팽창하여 압축된 우주의 신비를

화면에는 그대의 품이 담겨 하나의 그림이 된다

갈 곳 잊지 않으매

　미술은 배워서 되는 것이 아니라는데 나의 존재를 걸며 그림을 그린 지 20년이 다 되어간다 그동안 그린 그림들 모두 어디론가 흩어지고 선물 주고 팔기도 하면서 소장하고 있는 그림은 별로 없다 그림이 배워서 되는 것이라면 모든 이들이 배워서 훌륭한 화가가 되겠지만 그림은 간절한 삶의 아픔과 아득한 이상향에 대한 향수를 간직하고 몸과 정신이 함께 움직여야 되는 노동이다 정신적인 시달림이 많으면 손조차 잘 움직여 주질 않는다 하지만 작가는 어떠한 상황에서도 자신의 방식으로 그림을 그려나간다 2013년을 그림 그리기로 시작하려던 계획은 유화물감을 짜놓고 그냥 색깔 쳐다보기만 해내고 있다 가난한 건 호주머니가 아니라 내 영혼임을 알고 사랑 찾아 헤매는 방랑자처럼 그림 안에서 헤매고 싶다 갈 곳 잃은 것이 아니라 갈 곳이 생겼기 때문에 진정 하얀 화면에 들어갈 수 있음을 이제는 안다.

겨울나무

사각이는 겨울의 메마른 나무에
입김을 호오 불며 봄을 기약하며
떨리지 않는 꿋꿋함으로 인내하는
나무뿌리에 담긴 생명에 눈물 한 방울 떨구어낸다.

○

노예계약을 찢고

우리는 모르는 것이 너무나 많음에도
자신의 지식과 지혜라는 걸 과장한다
가난이 생명을 빼앗아도
지금 내가 하는 사랑과 연애가 전부라
내일 노예가 되어 잠에서 깨어도 아무,
생각 없이 하루를 보내니
인간이 인간을 부리는 것은 부당함과의
오래된 계약이니
이제는 계약서를 찢고 새로운 형태의 계약을
맺으매 그건 사랑과 자유에 관한 말씀의
기록으로 소유가 없이 다만 함께 이루어 사는
평화의 계약이라.

그대는 샘이라네

기쁨의 샘이여

생명의 샘이여

솟아올라 흐르고 흘러 지상에 넘치어라

사랑의 샘이여

갈 곳 잃어 헤매는 이들의 목을 축이소서

기쁨의 샘이여

생명의 샘이여

달빛 아래 고요히 잠든 이들을 굽어보시니

사랑의 샘이여

쉴 곳 잃어버린 이들의 보금자리 곁에 흐르소서.

단편적인 생각

악인이 있어 그대의 생명과 삶을 위협한다고 느끼는가? 세상에 악은 존재하되 악인은 존재치 않음에 가깝다 우리의 이웃이 어느 날 자신의 생명을 파괴하고 재산을 빼앗고 온갖 악행을 한다면 그 건 어떤 이유에서든 그 이웃은 악인이 아니라 악 자체로 변화한 것이다 선함을 믿으며 사랑으로 가족을 돌보며 기쁨과 행복으로 하루하루를 살아가는 사람들은 분명 축복을 받은 것이다 지구에 는 지금도 전쟁을 하며 죽이고 죽이는 일에 무던히도 큰 힘을 쏟 는다 국가가 나서서 벌리는 살인은 면죄부를 받고 그 면죄부는 생 명의 귀함을 없애는 데 일조한다 인간의 생명처럼 귀하고 소중한 것이 어디 있는가? 재산은 잃으면 다시 모으고 만들면 되지만 생 명은 다시 만들지 못한다 짐승의 피가 부르는 듯 악의 피가 요동 치며 인종 간의 갈등을 조장하고 종교의 다름에 불을 지펴 자신들 의 신이 결코 단 한 번도 말하지 않은 살인을 저지르고 평화를 깨 어버린다면 그들의 신은 눈물을 흘리리라 시대는 다양함을 이야 기하면서도 인간 개개인이 다르고 생각이 다르며 삶의 방식이 다 름을 인정하지 않으며 일치된 단결만을 외치며 힘을 길러내는 악 은 한 국가를 없애기도 하고 사회를 불안하고 죽음의 떠도는 영혼 들의 도시로 만든다 시대정신이라 하는 것은 그 시대가 끝나면 사라진다 인간은 죽음이라는 것이 있기에 하루를 고맙게 느끼기도 하며 살아있다는 것에 희망을 가지고 내일을 위해 살기도 한다 평화의 신이 그대의 마음에 들어오고 생명의 신이 그대의 죽음에도 영생을 부여하며 끝없는 기쁨을 주는 걸 상상해 보라.

○

빛

우주에서 쏟아내는 빛의 일렁임

지구에 닿아 그대의 눈가에도 찰랑이며,

빛의 아름다움 이웃과 함께하길 바라오니

꿈속에 헤매는 욕심과 탐욕의 거짓이여

순간 번쩍이는 빛에 녹아 사라지리라

찬란한 빛

오롯한 빛

기쁨의 빛

사랑은 어둠에서 오지 아니하고 빛에서 온다는 걸

우리는 알며 느끼며 실천하니 온전한 사랑이어라.

한 사람이 다른 한 사람을 사랑한다

그 사람 품에는 작은 꽃 있어 그이에게,

전하고픈 마음이 간절하다

색채가 어떠한 꽃인지는 중요하지 않다

형태가 어떠한 꽃인지도 중요하지 않다

쉼표 하나,

사랑 하나,

깊은 울림의 종은 새벽에 들리고

사랑하는 마음은 온종일 울리는구나.

○

그림

화가의 눈으로 말할 때 형태는 색을 입는다
화가의 손으로 움직일 때 고독은 껍질을 벗는다
누구나 화가가 될 수 있으나
아무도 흉내 내지 못할 형태와 색채는 선택되어진
열정과 정신의 일렁이는 뼈에서 나온다
누구나 같을 수 없으리라
화가의 눈과 손은 갈 곳 잃은 어린아이의 순간과 같아
방향을 잃어버렸지만 이내 갈 곳을 찾아 떠남과 같아
화가를 예찬하기보다 한 인간의 삶이 그럴 수 있구나
라며 조금이라도 온기를 나누어주는 눈길과 손길에,
간절함이 그림을 그리게 하니 그리움의 또 다른 이름
그걸 그림이라고 부른다.

이 아침을 안녕이라 부르며

기쁨의 홍조가 붉은 아침이여 안녕

살랑이는 바람의 따스한 빛 결이여 안녕

우리가 사랑함에 보듬어 주시는 님이시여 안녕

안녕은 인사를 드리는 내 작은 마음

누구의 꽃도 아닌 당신의 꽃 아름다운 노란 꽃

푸르게 발하는 하늘의 이름 모를 새여

이 아침 고요함을 깨우며 인사하는 반가움에 안녕

다시 한번 아이들의 숨 가쁜 밝음에도 안녕

너와 나의 사랑에도 안녕을 말하며 하루를 깨운다.

○

문제적 하루

떨어지는 빗줄기에 고통이 흘러내린다
인간으로서 살아가는 문제가 어디서 나오는지
잠시 성경을 연다
이 지상에서 갈 곳 없어 헤매고 서성이는 영혼들
그들을 위해 잠시 기도를 드린다
우리가 서로 모르지만 정신과 영혼은 스쳐 지나가니
인사를 나누며 서로의 상처를 어루어 주길 바란다
곧,
삶의
문제적 하루가 밤을 알리고 잦아드는 빗줄기에 숨죽여
자신이 만든 잠자리에 고요히 잠든다 죽음 아닌 평온의
잠.

○
뮤즈는 지금 없다

뮤즈가 연주하는 소리에는 세월의 낡은 가슴 있다

오래전 아이였을 때 우리는 그래 너와 내가 아닌 우리다

우리는,

빛살 같은 꿈을 꾸며 행복의 웃음을 가정마다 피워냈다

나이가 들어 우리가 어머니가 되고 아버지가 되었을 때

진정 우리들의 아이들은 우리들의 어릴 때와 같이 마냥

숨 가쁘게 기쁜 하루를 바람과 함께 뛰어놀며 지내는가?

아니다 그것이 아니다 과거에도 절절한 어른들의 이야기

동네를 타고 돌고 도는 소문으로 가슴 옥죄어내던 때 있었다

지금은 아이들이 바라보는 문명의 편리함은 감당하기 어려운

실존의 벽이 파랗게 녹아내리는 존재의 거짓이 당당히 있다

지상이 걸어서 갈 수 있다면 왜 아프리카의 어린아이들이

굶주리고 이북의 가냘픈 아이들이 배고픔에 꿈을 잃는가?

독재도 가고 배고픔도 가라 권력의 베짱이들아 가라

뮤즈는 오늘도 나를 찾아와 연주를 들려주지만, 하나도

귀에 들리지 않음은 목마른 자유의 영혼이 비쩍 말랐기 때문이

리라.

○

봄

향기를 맡아보라 자아의 분열이 심해 둘로 나뉘는
계절 봄
정신은 맑음보다 혼미한 밝음에 미쳐 끝없는 사랑의
노래 부르는 봄
청명한 하늘을 보며 눈물 아니 흘리리라 다짐하며
마음에 눈물 쏟는 봄
꿈같은 새로움에 실컷 눈길을 빼앗기다 잠시 침묵하는
그 순간에 찾아오는 고독의 봄
나에겐 봄은 사랑도 아픔도 아닌 다만 영혼의 조울증이
극심하게 뿌리를 건드려 절망하는 계절이었다 계절이다
봄
다시는 찾아가지 않으리라 다짐하며 약봉지를 찢어 입 안에
털어내고 약물의 힘에 잠을 잃어버리는 잠의 시간
봄은 기쁨의 계절이 되리라 믿으며 살아내는 지금은 겨울.

○

성경을 열다 미술평론

  '성경을 열다'의 주제에서 성경을 실제로 느끼고 읽어보는 것과
그림으로 해석하여 단순한 형상으로 인물의 얼굴이 들어가는 것
에는 차이가 있다. 성스러움의 과정을 거치지 않고 단순한 그림의
주제로 접근하기에는 그 뜻에 내포되는 시적 정신과 내적 정신은
견디기 힘들만큼의 큰 무게가 있기에 등작의 '성경을 열다'는 주
제의 그림에서 보이는 정신적이고 영혼의 울림 같은 것은 이미 성
경이라는 종교적이고 세속을 벗어난 책 이상의 의미가 담긴 영혼
의 밥과 같은 것에서 영향을 받은 것이라 짐작된다. 그의 작품은
그림 한 점에 여러 편의 시와 글들이 함께 조화를 이루어 하나의
책을 만들어낸다. 그 책의 제목이 《성경을 열다》이다. 그에게 있
어 이번의 작품 전시는 4년 만의 개인전시이고 젊은 작가를 벗어
나는 시작을 알리는 울림과 같다. 그의 작품 초기에 그는 하루에
열점 스무 점씩 미친 사람처럼 그림을 그려대던 때가 있었다. 혼
돈의 이십 대를 열정을 가지고 위대한 화가가 되리라며 불타는 생
명의 붓을 휘두르던 그의 인생을 옆에서 지켜보던 나로서는 왠지
위태로움을 느꼈었다. 그 예감은 적중하여 2006년 유럽에서 잠시
지내다 온 그의 정신은 무언가에 사로잡혀 있었고 후에 조울증이
라는 진단을 받고 10개월을 정신병원에서 보내면서 그의 예술은

정지했다. 잠깐의 휴식기라 하기에는 무모할 정도로 불안한 정신과 영혼을 삼키며 지내던 그에게 2013년 올해가 오기 전까지 아픔은 피가 되고 슬픔은 뼈가 되어 몽환이라기보다 환시를 겪음에 더욱 그의 하느님께 다가간 건 아닌가 짐작을 한다. 그는 2012년 《예술 그 안에 들어가다》라는 전자책을 썼다. 그 책은 그의 그림들과 수필과 시, 영화시나리오, 노래작사 같은 글들이 수록되어 있는데 그의 영혼의 기록들이 삶의 어느 지점과 만나 작은 결실을 맺은 것이라 평하고 싶다. 등작 이라는 화가를 이야기할 때 그가 그림을 그리고 시를 쓰고 글들을 그림과 같이 호흡한다는 점이 그에게 장점이 될지 단점이 될지 알 수 없으나 확연하게 드러나는 그의 그림의 색채들은 밝음과 어둠의 경계를 허물고 선과 악의 양극단의 철조망도 걷어낸다. 그가 만들어내는 예술품들이 장르를 가리지 않고 예술품 자체로서의 이야기를 꺼내놓음에 그의 삶은 예술 그 자체일 수밖에 없고 예술이 없으면 일찍 죽었을 사람이라는 데 동의를 한다. 그의 이번 전시가 그로서는 시작이요 끝일 수 있다는 것은 바로 성경에 담긴 이야기와 예수님 즉 하느님의 말씀이 그의 앞으로의 생애를 이끎에 있어 과정이 아닌 사람으로서 살아가는 데 기초가 됨에 있다. 화가로서의 그의 삶이 뛰어난 대가들의 삶과는 다를지라도 나는 그를 주목함에, 그는 한 인간으로서 또한 사람의 아들로서 예술의 깊은 향기와 사랑을 세상에 전하며 살아갈 인물이라는 데 이의가 없기 때문이다. 정신의 세계가 다른 예술가가 아니라 일반적인 것을 거부하고 사람을 사랑함에 예술을 함께 두는 그의 천진성에도 나는 그가 이 시대의 예술가로서 당당하게 그 어느 곳에 그의 작품을 내어놓아도 부끄럽지 않으리라 믿는다. 부족함에 늘 허덕이며 살지 않고 부족함을 알기에 그의 정신을 벼르며 영혼의 더러움을 차츰 씻어내는 그의 열정과 사랑에 기대를 걸며 그의 안녕을 바란다.

미술문화평론 김인범

* 참고 문헌 : 《예술 그 안에 들어가다》(2012) 《성경을 열다》(2013)

○

하늘로 가는 기차

하늘로 가는 기차엔 누가 타고 있을까?

그대가 사랑하는 사람 세 번째 칸에 있으리라

조금만 눈을 열고 귀를 열면 보이는 정다운 사랑

굳이 그이를 만나지 않아도 하늘에 도착하면,

기쁜 미소로 포옹할 사람

우리는 잊고 사는 소중함이 있으니

그 소중함이 무엇이든 그대의 여행 가방에 담겨져 있으리

마음은 보이지 않아도 느낄 수 있는 따스함

인생의 종착역엔 하늘로 가는 기차 있으니,

그대 염려 말고 오늘을 행복하게 즐거워하며 살지어니….

○
우주 까마득한 끝 샛별이 웃는다

가는 날에 찾아와도
모두 비우고 모두 게워내고 모두 잊고
걸음 걸을 순간,
그 억겁의 부처가 찾아와 멈추라 해도
멈출 수 없음에 나는 인간이다. 숨 꼴깍 삼킨다.

○

거침없이 흐르는 구름

세상의 구름들은 하나로 통한다

어느 날 아시아에서 어느 날은 유럽에서 어느 날은

울며 지친 아프리카의 어느 아이 이마 위에도 구름은 흐른다

아련하게만 느끼던 절절한 이야기들도 그 구름에 띄우면

영원토록 간직될 듯이 이루려는 이에게 전해진다

구름 마음의 구름이 하늘의 구름과 하나 될 때,

필요한 만큼의 꿈이 흐르고 흐르며 필요한 만큼의 사랑이

변화하고 변화하여도 끝에는 한결같은 모양이라

구름은 거침없이도 나무 사이에 걸쳐져 사람들을 본다.

○

고해성사

빛이 되리라는 아름다움과는 거리가 먼 자신에게
한 해가 지나감을 고하고 다시 찾아올 새해가 낡음에 길들여져서
아프리라 슬프리라며 거짓의 눈물을 흘릴 즈음
한 소녀가 잊고지내던 그림을 한 점 들고 찾아왔다
눈물은 가슴이 흘리며 기쁨은 마음에서 흔들리니,
한 시절을 보냄은 도무지 알 수 없는 미지의 색채 같아
사랑 그 찬란한 빛을 비로소 하늘에 맞닿아 올려본다
인간으로 태어남을 누구에게 원망할 것이며
인간으로 살아감을 어디에다 원망할 것인가?
모든 원인은 나에게로 비롯되어 나에게서 나왔으니
깨끗하게 청소를 하는 당사자는 바로 자신이 되어야 하니
진정으로 빛이 되리라며 찾아오신 손님에게
정갈한 식사라도 한 끼 대접하고 싶은 생각이 든다.

○

기도하라 잠들어라 일어서라

해가 뜨며 밝음이 어둠을 사라지게 해도

어둠은 대낮에도 버젓이 인간들의 마음에 공간에 숨어 있다

기도하라 차라리 잠들어라 그리고 깨어서 일어서라

신의 이름은 중요치 않다

단 하나가 있음에 빛과 어둠도 하나가 된다

기도하고 잠들고 일어서서 세상의 편견과 맞서리라

사람들의 습관된 의식에서 나오는 부조리와 맞서리라

그럼에, 기도하고 잠들고 일어섬에

무엇이 그대 앞을 막을 것인가? 어둠이 빛이 되고 빛이 어둠이

되는 이 땅.

○

꽃 피는 날

길 위에 길 길 아래 길 좁다란 골목

풀꽃 피어 잡초들과 어울린다

노랑 빨강 파랑 빛 여린 꽃잎들

바람이 슬렁 불어도 시원한 듯 날 리우고

뜨거운 태양 내리여도 아무 일 없듯 다만

웃음에 환한 얼굴

꽃이 사람보다 아름다운 적 많았으리라며

오래전 침묵하는 추억의 사람 불어내어 보니

오늘이 꽃 피는 날 행복한 날이어라 내리는 비.

○

눈물이 바다로 흘러간다

중심에는 내가 없다

그 주변에도 없으니

나는 혼자라는 생각이 눈물로 땅에 떨구어지니

빛은 반짝이며 눈물을 거두어 가며

바다 한가운데 빗물로 흘려준다

인생은 누군가의 것도 아닌, 오직

단 하나 당신의 오롯한 눈물

경배해야 할 대상은 그 누구도 아닌 당신 그 자체의 본질

그 생명을 이루는 모든 아픔 그리고 사랑

눈물은 바다로 흐르며 생명의 기운을 똑똑 기울인다.

○

도시에는 사람이 없다

정말 그럴까?

진실로?

도시에서 살다 보니 모두가 유령이고 모두가 흐릿한 형상인데

그렇다면 도시에는 사람이 없는 걸까?

그럼, 기도를 드리고 색을 칠해보자 우상이 아닌 사람을 그려
보자

그림에 그려진 사람은 생명이 없고 나 또한 유령이고 뿌연 색이
란 걸

알게 되는 과정 진정 도시에는 사람이 없는가?

결론을 내지는 않겠다

어제의 나는 과거에서 사람을 느끼지 못했고

오늘의 나는 현재에서 사람을 어렴풋이 감지하고

내일의 나는 내가 존재하지 않았음에 분주하고 활기찬 사람들의
행렬을

못 느꼈으리라 하며 존재의 눈물 한 톨 한 톨 떨구리라.

○

멈춤, 떨림의 세계

한 아이의 고요함이 한 어른의 숨결로 넘어오고
한 사람의 사랑이 다른 사람의 공간에 바람 되어
멈춤, 떨린다
진공의 목덜미가 빼어나게 아름다워도
숨 쉬지 않는 생명은 이미 우주를 넘어 다른 차원의
경계에서 잠든 소박한 무엇
그대가 떨리는 멈춤에 살짝 기댄 내 영혼의 무게도
점차 가벼워져서 턱 하니 굳어져 버리며 사랑스런
누구의 목소리와 함께하는 공기의 가벼운 진동이 느껴진다.
무엇이 인간을 인간답게 하는가

인간은 무엇으로 사는가에 대한 질문이 아니다
인간이 무엇으로 인해 인간다워지는가에 대한 질문
생의 한 중심에서 앞으로도 뒤로도 움직일 수 없을 때
삶의 잔인함에 인간성을 잃어갈 무렵
우리는 발견하게 될 것이고 발견한다

무엇이 인간을 인간답게 하는가

누구나 알 것 같은 단순한 답은 바로 사랑이다
사랑은 인간을 위대하게도 만들고 어질게 만들기도 한다

사랑 없는 불행은 그 출구가 없다
지나치는 바람에게 묻고 내리쬐는 태양에게 물어봐라
비는 세상을 씻기 위한 아름다운 물방울들

사랑은 진실한 영혼의 대화를 시작하게 하는 힘이다
그러기에 사랑은 인간을 인간답게 만든다.

○

바람에 숲 가리어지나

굳이 당신의 이야기를 할 필요 없다
당신은 그대로의 향기로 마음에 닿아 바람 되니
시원하고 청량한 공기가 되어 숨 쉬게 하니

그럼에도 그대가 원한다면 얼마든지 언제든지
그대의 이야기를 들을 생각이 찰랑이며 열려 있다
환영받는 사람 아니어도 좋다
귀함은 멀리서 찾는 게 아니라
바로 곁에서 늘 해바라기처럼 노랑 물빛 스며드니

안개가 아무리 자욱해도 본질은
꺾이지 않는 물질로 이루어져서 생동한다.
바람에 숲은 일어서지 결코 가리어지지 않는다.

○

바람은 따스하고 고요하리라

이 행성에서 저 행성으로 부는 바람은
먼지 한 톨에서 시작되었다
풀잎에 이는 공기가 마찰하여 한줄기 빗물에
반응하여 올라가는 생명의 힘

고독사를 말하고 스스로 죽는 것에 대하여 말하는 건 부질없다

그들도 나의 이웃이며 그들도 나와 같은 존재이니
불어라 바람아
아픔은 싹뚝 걷어가고
기쁨은 흥얼이게 하라

먼 곳에서 불어오는 따스한 바람은 고요하니
침묵이여 고동을 멈추고 더욱 잠잠해져라
고통으로 하늘로 오르는 이들에겐 그것이 더욱 좋으리니.

○

바람이 따라오는 사람

순간, 바람이 분다.
이 얼마나 아름다운 세상인가. 바람
부는 언덕은 도시에서 자라나고 흐르고 있다.
당신의 사랑이 온 덩어리로 몸부림치며 흘겨
나오며 나에게 다가올 때,
급격히 바람은 뒤서거니 앞서거니 찰랑인다.

반 고흐 피카소 등작

넌 무얼 그린 거니? 반 고흐가 물었다
사람의 모습을 그렸어요
진실된 거니? 반고흐가 물었다
네 저는 진실하다 생각합니다
넌 무얼 그린 거니? 피카소가 물었다
정신을 영혼을 그렸습니다
진실된 거니? 피카소가 물었다
네 저는 정신을 영혼을 그렸습니다

그날, 반 고흐와 피카소와 나는 술을 마셨다
이내, 침묵으로 피를 흘리며 삶에 경배했다.

○

별들의 시절

아침의 식탁엔 술이 듬뿍 떠 있다
변하리라며 떠난 이가 그리워 술잔을 비워내어도
공기에 떠다니는 망령스런 인간들의 뼈가 심장을 찔러댄다
참으로 많은 선량한 사람들이 그리워 그리워 빛을 나누어도
어둠, 격한 욕심의 덩어리가 검게 불타며 둥둥 뜬다
식탁을 점령한다
세수를 하고 양치질을 하며 발가락을 씻는 행위로
없어질 것 아니기에 둔해지는 정신에 술을 붓는다
별들의 시절
자신이 별빛임을 자신이 별 그 자체임을 아는 이들의
안녕을 바라보며 깊숙한 노란 방에 귀를 대며 웅얼인다
흥얼이는 별들의 시절 이 시절도 지나감을.

○

별이 가슴에 있다

고매한 피아노 선율에 집착하기 전
바이올린의 우아함에 빠져들기 전
음악은 시가 되고 별이 된다는 걸 잊기도 한다
예술은 사랑이 되어 빛을 끌어당겨
핏빛 저질스런 난장판을 정리정돈 한다
한 소녀가 두 손을 모으고 기도를 하는 모습 보다가
예배당의 깊은 울림이 그 아이의 영혼에 깃듦을 알고
함께 기도를 드린다. 이 생명의 땅에 샛별은
우리들의 가슴에 있음을 잊지 않게 해주시는
가장 밝은 빛의 평화로운 사랑에 깊이 안식하며
잠 못 들던 어제의 피곤을 고요하게 재운다.

사랑하라 네 마음이 부서지더라도

미워하는 것은 바람에 씻어 날리고
사랑하라 그 사랑이 네 마음을 찢어 놓아도
사랑하라 그 사랑 한 줌의 빛으로 변하더라도
우리는 아니 그대는 누구의 역사가 깃들어서
아파하고 어두운 그늘을 얼굴에 짊어지는가
밝음의 환함은 그대에게 그리고 나에게 말한다
사랑하라 사랑함에서 나오는 기쁨이 결국엔,
네 마음을 부숴 놓더라도 기꺼이 사랑을 한다면
그 사랑의 온기로 그 사랑의 추억으로 흩어지리라
흘려서 내리는 빗물 되어 어느 이의 우산에 떨어지고
어느 이의 어깨를 적시더라도 그 빗물 사랑의 증거라며
사랑 채워진 마음 다시 아물게 죽어도 사랑하라
네 마음이 부서지더라도….

○

새벽 그림 그릴 때

누구는 낮을 누구는 밤을 좋아한다
나의 밤은 나의 새벽은 힘의 어둠이다
새벽,
부디 잠들기를
별도 달빛도 처연한 처녀 귀신도 곁에 오지만
외로움 그 외로움의 그리움이 그림을 그린다
붓을 들면 한 아이의 뒷모습이
붓 들면 한 여인의 입술이
붓 들면 켜켜이 누인 들판이 일렁인다.

○

새벽달 아래에서

기쁨 소곤대는 밤
상대가 없어도 홀로 이루는 밤
살아 있음에 꿈꾸는 밤

이 밤을 달리는 열차엔 외로움 설 곳 없다

달빛 한가득 영혼에 머물면
생경한 풍경도 익숙하게 빛난다
시간의 두려움도 가고
악몽의 슬픔도 눈물로 흘려간다

이 밤을 여는 달빛으로 천사들의 날개가 깊은 하양으로 물든다.

○

서울 단상

걷는다 본다 본다 다시 걷는다 본다
느낌을 저장한 후 삭제
아름다운 조합만 남기고 모두 불내고
추한 조합만 새겨서 이마에 문신을 새기고
손바닥으로 가려진 신에 대한 역겨운 믿음들의 소리에
피 한 방울 토로록토로록 떨구어 결합시킨다
승차한다 출발
원점에서 일그러진 빛에 눈빛들이 굴절하여 변형

모든 게 헛것이다

사랑스런 여인의 말과 입과 눈과 손톱에
포옥 안기어 젖을 빤다.

○

시간을 묻어 죽다

지하 셋방 가만히 숨 쉬는 인간 있다
햇살 한 줌 햇빛 한 움큼 없는 지하방
그녀는 그대로 굳는다
그이는 점차 웅크린다
세상의 시간 아무런 상관없이
자본주의 돈의 위력에 아무렇지 않은 듯
슬픔 굳어 메말라 간다

누가 그녀를 죽였는가?

비관은 애초에 존재하지 않았고
아픔도 처음에는 없었다

지하로 들어오는 습한 기운은
이불을 뒤엎고 그녀를 뒤집었다
맑음은 눈동자에 새겨졌지만 고독의 돈,
그렇다 고독한 돈은 생계를 위협하고
…

그녀를 따라 그녀들이 죽었다
미움이 아닌데 증오가 아닌데
단지, 아픔이 고요하게 내린 물질의 세계
그 안에 그녀들이 쓰러졌다

혹자는 이야기하고 혹자는 떠들고
아무도 진실에 들어가 말하지 못하는 현실,
또 다른 그녀는 물질의 여왕이 되어 지시하고 지휘한다

굳어버린 몸뚱이 아래에서 꽃 한 송이 피어나니
여왕의 향기보다 더 높고 깊어라 슬퍼라….

○

시인

시는 멈춘 것이 아니다
시는 활발하게 시공간을 넘어 다가온다
시는 시인의 것을 뛰어넘는다
시는 인류의 것 아니면 하늘의 것
아니면 거리에 누워 잠든 빈자의 것

시인을 존중하는 마음이 없는 세상은
시가 말라버린 황무지

시를 쓰는 이의 마음은 아랑곳없이 목숨을 버리며 쓴다
그래서 그이는 시인이다.

○

시절의 빛

내가 별을 이야기하면 내 마음은 비를 맞고
내가 달빛 이야기하면 내 마음은 눈을 맞는다
자연에 빗댄 어리석음 곱게 꽃들의 옷을 입고
나릴래 나릴래 모를 음성 내린다

○

악마의 기도

저 소녀가 아름다운 여인이 되었을 무렵
소녀의 영혼을 제가 가질 수 있기를 바랍니다

전지전능은 신의 영역

악마는 속삭임을 타고 마음을 떠돌며
이리저리 엿보며 약한 곳을 노린다
선의인 척 천사인 양 거짓으로 다가오지만
약하디약한 영혼들은 흔들리며 빠져든다
자신의 입이 무엇을 말하는지도
자신이 행하는 행동이 무엇인지도 모르는 가련함

사랑은 그런 이들에게조차 햇빛 비추지만
어둠은 이미 그들을 장님으로 귀머거리로 만들어 버렸다

악마는,
소녀의 영혼을 소유하길 원하지만
착함과 선함과 밝음으로 지켜주는 소녀의 이웃들이

가족이 있어 악마는,

뒤돌아서며 다른 먹이를 찾는다

짐승의 피를 뒤집어쓰고 검은빛 새까만 얼굴을 가진

악마는,

너무나 아름다운 세상이 그에게 복종하는 것이 썩 행복하진 않다

전부를 원하지만 전지전능은 신의 몫.

어제가 오늘이라면

어제가 오늘이라면 과연 어떤 표정의 풍경에 놓여져
하루의 아침을 맞이할까?
진실로 사랑하는 것이 옳다면 어제와 같은 오늘처럼
말없이 침묵으로 눈물 흘리며 시간에 잠식될 것인가?
웃음으로 인사를 건네며 날씨 이야기를 하며 마음을
담아 어제와 다른 하루를 열 것인가?
어제가 오늘이라면 후회가 되던 일들이 바로 잡혀서
기분이 참으로 좋아지며 정신이 팽그르르 맑아질까?
아니다
오늘이 어제였든 어제가 오늘이든, 결국은
인간 그 내면의 바다에 바람이 지독히도 불었음에도
모래들 가라앉고 파란 하늘 더욱 짙고 사랑 더욱 아리니
변하지 않음의 공간이란 때때로 멈춤의 쉼이리라.

○

언어가 끓어오르면

시는 길러내는 것이 아니라
다가오는 것이다

언어가 상징하는 뜻은 어느 나라나 비슷하다
인간의 정신을 눈뜨게 하는 건,
단순한 물음과 단조로운 듯한 대답에 있다

침묵하라 잠잠해져라 시는
들뜨지도 뜨겁지도 차갑지도 않은 온도에서 상승한다

시는 찾아오지만
시인이 아닌 이들은 그 경계에서 서성이고
시인은 찾아온 시와 함께 불꽃으로 뛰어든다.

○

예술의 문

예술에 있어서 열 개의 문이 있다면
소진된 힘과 소모된 정신을 살펴보니
아홉 개의 문을 열었다는 걸 알게 되었다
마지막 한 개의 문은 여는 순간
죽느냐 마느냐 의 기로임을 느낀다

예술은 그 마지막 문을 열지 못하면
아무리 많은 문을 열고 들어가도
솔직하게 이야기하면 아무 소용이 없다

목숨 걸고 예술을 시작했으니 목숨을 걸어야지
입과 닳고 닳은 기교로 문을 연 척은 할 수 없다
그래서 늘 바쁘고 늘 열려있으나 빠르다
속도 조절을 하면서,
예술의 마지막 문을 열기에는 가속도가 지독히도 붙었다

○

우주, 까마득한 끝 샛별이 웃는다

파란 비늘 달린 행성이 작게 흥얼이며 부른다
이리 오렴 여기서 놀렴 찡긋 눈인사하고
다른 행성을 바라본다
새하얀 별 노란 빛들이 춤추는 곳
사랑스런 마음 일어 꼬옥 손잡아 주고 떠난다
목적지가 있을 리 없건만 무척이나 설레는 청초함
우주 그 끝에 샛별이 웃는 모습이 보고 싶어
두툼한 배낭 메고 사뿐히 가뿐히 걸음 걸어 향한다
언어가 사라지고 언어가 아닌 색채도 사라지는 공간
우주, 까마득한 끝 샛별이 웃는다.

○

우주의 한 생이 넘어가고

별빛 찰나에 부서지고 태양계의 아침이 밝으면
사람들의 분주한 마음소리 크게 들린다
존재들이 생의 한 해를 넘어가며 차가운 겨울 문턱
작게 작게 움츠리며 소곤대는 호흡의 숨 들린다
생명은 어디서나 움직이며 생명은 언제든 별빛이 된다
이 까닭 모를 허전한 시대 마음 갈 곳 어디도 없어
길 위에 반짝이는 햇살에 눈물을 떨구며 뺨을 식힌다
가만히 조용하게 눈을 감고 아득한 저곳을 생각하니
우주의 한 생도 나와 함께 우리들과 함께 넘어가는구나 한다.

○

인물화

저의 눈을 보세요!

당신의 눈에는 모든 세상의 아름다움 모든 추한 것 다 있으니

저를 믿고 저를 보세요!

언제 그랬냐는 듯 인물화는 완성이 되고

그 그림은 기쁨이 되던 슬픔이 되던 나의 손을 떠난다

인간의 얼굴은 알알이 가슴에 박혀 슬픔도 아픔도 심지어

기쁨의 환희도 옹골 맞게 내 마음에 들어와 한 자리를 차지한다

인물을 아니 보며 인물화를 그리는 사연에는 천명의 얼굴과

천 가지의 마음이 이미 내 안의 공간에 자리하기 때문이다

더불어 지나치는 사람들의 행렬에서 보이는 눈빛들이 갈가리

찢겨서 나의 눈에 색을 입히기 때문이다.

○

잠드는 시간

참 많이도 나는 시간을 언급한다

그리고 시간 안에 매여 있다 죽는다 산다

언제나 시간의 습성에 나를 빗대는 정신은 살았다

다시 산다

누구의 습도 누구의 변명도 어울리지 않는,

그대만의 시간

비교도 말며 업혀 지내지도 말길 바라니

그것은 그대의 시간이 살았음에 잠드는 걸 느끼기 때문이다.

○

적막이 깨어진 새벽

별 하나 달 뒤에서 웃고 있다
이별의 순간에도 웃는 사람
마음에 무엇을 담고 밝음으로 헤어지는가?
모든 사람은 저마다 하나씩 별빛으로 숨어
토해내는 한숨으로 안개를 만든다
탁탁탁, 지금의 고요가 숨소리에 흔들리면
별빛 어느새 불을 끄고 그대의 앞에서 흔들린다.

○

증거하라

바티칸이 증거하는 대로
교황이 증거하는 대로
한 인간이 증거하는 대로
한 생명이 증거하는 대로
나무가 증거하는 대로

나 그대로 하느님께 가져가
드릴 터이니

그대 증거하라.
지독한 공포

떨림이 멈추지 않고 마음에 불길 일어
멈춰 있다.
그 자리에서 얼어버린 정신은 깨어나지 않고
머문 자리에는 꽃들이 피어 있다.
어떤 색깔인지는 깜깜하여 구분할 수 없으나
나의 빈 마음처럼 하얗게 가슴에 다가온다.

실상은 허상을 알아가는 데 중요하고

허상은 실상을 더듬어 알아가는 데 필요하다.

산 자와 죽은 자의 경계에는

지독한 공포가 있다고는 하나,

나는 아직 그 공포를 알지 못한다.

○

지독한 기쁨

웃었다 미친 듯이 웃었다 멈추지 않아
계속 웃었다
삶은 구겨진 듯 압축했고
생은 낡은 듯 빛바래졌다
이것이 기쁨인가
웃음에 섞인 원인 모를 이 지독함은,
잠시 이 땅 위에 내려온 어느 영혼에 내재된
그토록 염원하던 기쁨들의 흔적이 아닐까 한다
세찬 바람이 크게 울더니 웃음 멈추고 눈물 한 방울씩 떨군다.

○

풍경의 균열

몸으로 언어를 말한다
색색 찬란한 색감은 풍경을 입히고
흐릿 멈춘 붓은 균열을 야기한다
메우며 사는 인생의 하루들

우리들의 시간이 언제 정신으로 물든 적 있던가

일제히 날아오르는 생명의 혼불들이
메우며 메꾸며 진동하는 깊은 상처 보듬어
다시 몸이 되어 언어는 언어로 돌린다
곧,
생채기 난 풍경의 균열도 그럴싸한 색채로 덮인다.

○

피의 교회당

널뛰고 날렵한 악마들이 숨어든 교회당
나는 알고 있다
가장 순수한 선과 가장 미쳐버린 악은 동일함을
선은 교회당의 기도소리에 섞인
과학의 음성조절 속에 기이한 파장을 만들어
사실은 악마의 소리를 각인시킨다

사람들이 몹시도 아프고 몹시도 괴로운 건
종교의 교회당이어서 영혼을 쉴 틈 없이 오고 가게 해서이다
나는 알아버렸다 그것도 오래전에
한 소녀
기도하는 순결에 피의 교회당은 갈기갈기 더러움을
부으며 잠식하고 먹어버리는 걸 나는 보았다.

○
한 시절 봄바람 분다

어제의 기억에 남은 건 모두 휘어져 구부러졌고
오늘 설핏 느낀 모든 감각은 바르게 펴져 있다
봄이 가고
봄이 오고
그 중심에 그대가 아닌 누군가가 서성인다
질끈 신발을 동여매고 그 사람 만나보라
봄바람은 불어 그대와 그이의 인연 질기게
엮을 터이니, 비록 내일은 여름일지라도
오늘은 봄이다 누군가의 봄이 아닌 당신의 봄.

○

한 존재의 눈물

열리는 문소리가 처연하다
비가 내리면 더욱 가녀린 목소리 들리는 안의 정적
그가 눈물을 흘리면 함께 울음 우는 존재의 가벼움 혹은,
존재의 사랑

비가 멎으면 곧 눈이 내린다
눈과 비 사이 그 간극의 아픔은 어찌할 건가?
빛, 우주, 별 그리고 인간

조금씩 잠들어가는 정신에게 묻는다
지금을 기억하고 있느냐고? 네 친구인 존재가 흘리는
눈물의 그 의미를 아느냐고?
정신은 지그시 눈을 감고 대답이 없다
난데없이 부는 바람에 눈과 비가 동시에 녹는다 멀리 떠난다.

○
영화 시나리오

나는 걷습니다.

어디라고 명명되어진 곳이 아닌 어디를 나는 걷습니다.

보라색 셔츠와 초록색 바지를 입고 담배를 물고 걷습니다.

허공은 낮게 흐르고 붉은 기운이 곁을 스치면 얼굴이 바뀝니다.

나의 이름은 가브리엘입니다. 하지만 때때로 얼굴이 변화하면 사탄이 됩니다.

강력한 악은 빛을 이길 수 없지만 사람의 마음에 들어가 영혼을 갉아

어둠으로 채우면 그이를 친구에게 소개합니다.

절대 악은 절대 선과 같이 맞물려 있기에 천사는 악마가 되기도 합니다.

전적으로 당신의 영혼에 달린 문제는 당신이 스스로 영적 힘으로 하느님의

이름으로 극복하길 바라지만 그것이 버겁다면 저는 걸어서 당신에게 갑니다.

그리곤 악마에게 소개를 시켜줍니다.

제가 유럽에 있든 미국에 있든 인도에 있든 중요치 않습니다.

저는 어디에서나 이름을 써놓았고 당신이 잘 볼 수 있게 표식을 달아놨습니다.

외롭고 짜증 나는 당신이 못나게 보이기에 저는 걸어가지 않습니다.

오히려 사랑에 가득한 열기에 푹 빠진 이들에게 저는 곧잘 다가갑니다.

나는 걷습니다.

회색 물결이 도시를 배회하면 저의 발걸음 소리는 천둥이 되어 귀를 울릴 겁니다.

존재하지만 존재치 않음은 하느님의 뜻이라서 저는 순종하는 종일뿐

천사도 악마도 그분께 귀속되어 있습니다.

저는 걷습니다.

나는 시를 씁니다

그 하나의 소리가 있어 나는 시를 쓴다

어디서 들려오는지 모를 신비한 소리 한 소리에 반응하는 영혼은

깊이 잠들어 깨어나기 힘들다

너무 사랑하면 이별이 다가올 가능성이 높아진다는 헛된 생각도

집중하여 써내려가는 물의 흐름과 같은 시는 형식도 내용도

치밀하지도 잘 다듬어지지도 않았다

나는 암스테르담 숲에 들어가 담배와 마리화나와 와인으로

생명들을 바라보며 중얼거렸다

당신이 소유한 것은 무엇인가?

소유라는 것 참으로 부질없다 생각하지만 현실은 돈의 노예로

간당간당하는 하루를 푸른 청탑에 걸어놓고 넋 놓아 운다

살아가리라 살아내리라 움직이리라

뜬금없이 새하얀 백마가 뛰쳐나온다

아름다운 여인이 금빛 머리 날리며 노랗게 안긴다

고요한 밤

별빛은 환각을 부르고

생각은 정신을 깨워 비워진 들판에 바람을 일으킨다

나는 시를 쓰며

불러오지 않은 미지의 공황을 슬쩍 건든다 그리고 자유롭게
쓴다.

나의 눈을 보세요

프랑스 파리 예술의 다리에서 그가 말한다

말하면서 그는 그녀를 그린다

그림 그리는 화가 그는 재빨리 정교하게 때론 느슨하게

여인을 그린다

나의 눈을 보세요

그러면 그림은 당신을 닮고 당신은 그림을 닮습니다

한 인간의 생애가 고스란히 느껴지는 그림에 그녀는 깜짝 놀란다

오 제발 이 그림을 저에게 주세요

그 말이 무섭게 화가는 단호하다

이 그림은 제가 전시를 하고 드리겠습니다

제발 제발 제발 부탁이에요 여인은 말한다

화가는 돌아선다

다음날 화가는 그가 전시하려던 그림 70여 점을 모두 도둑맞

는다

누구를 탓할 것인가?

화가는 생각했다

어제의 그녀에게 그림을 줬어야 했다

'나의 눈을 보세요'라는 말의 의미와 정신의 의미가 어떤 것인지

영혼의 언어가 무엇인지 분명 아는 화가는 결국 체념했다

아니, 다시 시작을 하려고 했다

그는 곧바로 네덜란드 암스테르담행 버스에 빈 가방을 메고

안녕 파리여 안녕 나의 욕심이여 안녕 나의 자만이여 하며 승차
했다

수없이 많은 사람들이 오고 가는 여행지에서

누구는 사랑을 누구는 웃음을 누구는 눈물을 누구는 추억을 만
들지만

내가 아는 그 화가는 다만 생애의 인물화를 만들어내고 이동할
뿐이었다.

도시

담배를 몹시도 좋아하는 그 사람이 걷는다.

시원한 바람에 흔들리는 다리를 올려다보며

지나가는 아름다운 여성에게 윙크와 함께 아름다운 아가씨 멋져요. 말한다.

다시 걷는다.

하늘은 요란하게 색칠되어 붉음, 노랑, 파랑, 초록, 은빛, 금빛, 하얀색이

번들거린다.

걷는다.

그에게는 오래전 사랑하던 연인이 있었다.

그 여인이 교통사고로 죽은 뒤 그는 절망했다가 깨어났다.

지금 그는 걷고 있다.

연인의 머리카락 색이 무엇이던지 가슴이 컸던지 작았던지 기억나지 않는다.

다만 그녀가 했던 말이 생각난다.

당신은 내가 없어도 행복할 사람이야.

당신은 어디로든 내키면 떠나고 다시는 뒤돌아보지 않던 사람이니까.

정착한다는 것, 주거한다는 것,

그녀가 떠난 후

비어버린 영혼은 그를 몹시도 메마른 눈동자의 인간으로 만들

었다.

다시 아름다운 여인이 지나간다.

그녀의 검은 머리칼에 찬사를 보내며 인사한다.

검은 물빛

하늘은 찬란했고

아래의 지상은 검은 물빛이었다.

○

예술가의 책무

과연 예술가에게 책무를 물을 수 있을까? 생각하다가 분명 물을 수 있다는 생각이 들었다. 예술가는 홀로 존재하지 않으며 인간과 생명에 기대어 많은 정신과 생각을 얻는다. 누구의 도움 없이 살아왔다고 하더라도 예술 그 안에 들어가는 순간, 예술가는 책임을 지며 예술창작을 해야 한다. 오로지 자신만을 위한 예술이라고 하더라도 햇빛이 그대를 내리비춰 주며 달빛이 외로움 얼러주는데 왜 예술의 자유만 외치며 예술가의 책무에는 소홀한가? 마냥 하고 싶은 대로 하더라도 분명 아름다움과 추함의 경계선을 분명하게 스스로 알고 그 자신의 표현을 자유롭게 해야 한다. 그럼에도 예술가는 그 자체로서 혜택을 받는다. 표현의 자유! 우리는 그것을 분명하게 알아야 한다. 예술가가 배가 고프고 아파도 병원에 가지 못할 만큼 돈이 없다면 그것은 분명 사회적인 문제가 되어 해결책을 찾아주어야 하지만 현실은 그렇게 녹록하지도 만만하지도 않다. 예술가의 배고픔이 포장되어 사후에 불티나게 팔릴지라도 확실한 건 예술가의 생전에 그에게 밥을 주지도 재료를 주지도 못함을 안타깝게 느끼며 지금이라도 예술가들을 도와야 하는 것이다. 그렇게 되면 자연스럽게 예술가의 책무도 보다 명확해질 것이다. 인간이 삶을 살아가면서 기쁨과 슬픔이 공존하며 생존의 문제에 부딪칠 때 혹여라도 예술이 조금의 도움이 된다면 얼마나 다행스런 일인가? 예술가의 책무를 이야기하면서 직설적인 이야기를 하자면 예술은 인간에게 아름다움과 사랑을 전하는 방식의 차이가 있을 뿐 어떠한 추함도 그 실체는 사랑으로 생명의 귀함을 알아가는 과정에서의 빛이라고 생각한다. 빛이 되는 예술이 그렇지 않고 악함과 유명세만을 위한 선택이 된다면 미안하게도 그 예술가는 책무를 다하지 못하고 그만 예술가의 이름이 지워질 수도 있으리라 는 느낌이 든다. 반론의 여지가 많고 의견이 분분할 소지가 있으나 이야기의 핵심은 예술가의 책무는 그의 삶이 힘들고 어렵고 미칠 듯이 괴롭더라도 힘을 내어 분명하게 자신의 예술을 관철시킴에 있어 흔들림 없이 나아가야 하며, 그 관철의 힘이 사랑에서 비롯되길 희망한다.

○

짧은 수필 0

간밤에 꿈을 꾸다가 온몸이 울며 온 정신이 멈추었다.

그 누구의 울음소리 간절한지 모르겠으나 이제는 다가오든 멀리 가든

선택의 시간이 남아 있다. 사람을 사랑하는 것이 고통이고 아픔이라면 왜? 사랑에 목을 매는가? 인연이 다가오리라 느끼며 갈구하여도 전혀 갈증은 해소되지 않는다. 몇 명의 연인이 있었는지 중요하지 않고

지나간 일들은 소진되었다. 생명의 샘은 말라가고 예술의 이름조차

지워지고 있다. 상황이 이런데 사랑 타령하며 하루를 견디는 건 사치이고 비정상적인 상황이라는데 생각이 머문다.

그 누구들은 신의 존재를 부정하며 사랑을 시기하며 사랑이 없다 한다.

하지만 나는 사랑의 실체가 무엇인지 알아가는 사람이며 신의 존재를

강력하게 느끼는 존재이다. 배움의 깊이와 사유의 깊이를 따지는 자들의

공통점은 그들의 영혼은 돈으로 채워져서 지독한 냄새가 난다는

것이다.

인간이라고 해서 모두가 인간이 아니다.

인간의 탈을 쓴 짐승의 표식이 남아 거리를 헤맬 뿐이고

인간의 껍질에 매달려 허공에 머무는 시선으로 텅 빈 황무지.

진실로 생각건대 사랑이 없는 하루라고 해도 예술이 없는 하루라 해도 내가 그대들에게 욕을 얻어먹고 그대들에게 손가락질받을 이유 없으니 오히려 그대들의 입과 손이 썩을 터이니 잠자코 기다려라.

거대한 바람의 회오리 그대 곁에 다가가 삼켜질 때 나를 찾지 마라.

나는 우상도 아니며 단지 한 인간으로 신을 사랑하는 존재일 뿐이니.

○

짧은 수필 1

궁금했다. 여성이 무엇이고 남성이 무엇인지 궁금했다.

존재하는 것에 대한 두려움. 시간이 낡아가는 두려움.

육체는 왕성함을 잃고 정신은 비계가 끼어 더 이상 제 기능을 못할 때

잊기로 했다. 여성에 대한 환상도 섹스에 대한 미련도 자녀에 대한 환상도 잊기로 했다.

남성에 관한 생각은 그리 유쾌하지도 않았고 여성에 대한 생각은 몹시도 버렸다.

모두를 사랑하리라던 예술은 단지 몇몇의 갈증 해소에 머물고

모두를 잊으리라던 종교는 외딴방 구석에 자리하고 잠들었다.

더 이상 믿지 않으리라. 여성의 거짓에

더 이상 믿지 않으리라. 남성의 우월에.

몹시도 세찬 바람에 몸을 맡기고 언덕 위에서 구르고 싶은 심정.

바다에 뛰어들어 파도에 실려 가고 싶은 마음은 두근댄다.

한 사람을 사랑한다는 것이 무엇인지 잊은 지 오래.

오랜 시간을 기다려야 한다는 믿음도 잊었고.

새롭지 않음을 새롭다 추켜세우는 것도 실증이 난다.

모두는 모두의 길이 있다.

아름다운 연애를 꿈꾸는 상상도 그만 멈추어 먼지가 되어 날렸다.

나는 누구를 사랑하고 나는 누구를 원하는가에 대한 지겨움은 지워버린다.

날 것으로 다시 태어난 오늘.

조심스럽게 차분하게 발성을 해본다.

무언의 향기가 곁을 스치면 웬일인지 눈물이 흘러 멈추지 않는다.

○

짧은 수필 2

나는 사랑을 믿는다. 사랑이 오지 않는다 해도 나는 사랑을 믿는다.

나의 본성은 사랑을 사랑하는 사람

나의 마음은 사랑을 향해 열린 사람

나의 영혼은 사랑 안에서 잠드는 사람

나의 정신은 사랑 밖에서도 깨어 있는 사람

그렇다.

연애를 위한 선택이 아닌 결혼을 위한 선택이 아닌,

생으로 삶으로 살아내어 이루고 싶은 사랑.

나는 사랑의 힘을 믿는다.

곱고도 아름답지만 괴로움도 슬픔도 동반하는 사랑의 아픔도 나는 사랑한다.

사랑을 믿는다는 것이 왜 죄가 될 것이며 왜 거짓이 될 것인가?

나는 당신이 사랑을 믿지 않고 사랑이라는 것이 사치라고 말해도

나는 사랑은 빈곤함이 아니라 함께함으로써 충만해짐을 믿는다.

기쁨이 놀라는 소리

어젯밤 기분 좋은 친구들의 목소리 울리며 동네를 휘어잡고

어젯밤 흥겨운 동물들이 제각각의 소리로 웃어대고

어젯밤 그대는 변치 않는 기쁨의 인사를 세상에 건네니

그래 오늘 아침도 오늘 점심도 오늘 밤도 즐거우리라

기쁨이 놀라는 소리 기쁘게 흐르는 눈물

오늘이라는 시간에 붙잡히지 말고

어제라는 시간에도 얽매이지 말고

또한 내일에도 구속되지 않는 기쁨이여 안녕

기쁨이 놀라는 소리 기쁘게 나오는 웃음

누구의 하루는 소용없으니

그대의 하루 나의 하루가 기쁨으로 흐르길

문득 시원한 바람 온몸을 씻어주니 햇살이 고요한 이불 되어

고이고이 잠드는 하루.

○

당신이 존재할 때 종은 울린다

내가 당신을 불러보았을 무렵 그대는 없었다

내가 뒤돌아서 멀리 떠났을 때 그대는 나를 불렀다

인연이라는 건 어떠한 마음인가?

인연이라는 건 어떠한 만남인가?

내가 그대를 돌아서게 만들었을 때 그대는 울고 있었다

내가 뒤돌아 멀리멀리 가는 길목에서 그대가 나를 돌아서게 했

을 때

나는 웃고 있었다

웃음과 울음의 차이

인연이라는 건 차가움도 아니다

인연이라는 건 따스함도 아니다

사랑

그 이름에 무게를 더하는 만남의 깊이

수직 하강하는 날개에는 더 이상 속도가 없다 열정이 없다

내가 당신을 있는 그대로 보았을 무렵 그대도 나도

하이얀 영혼으로 지상을 헤매며 떠돌았으니

이제 그대의 손을 잡고 놓치지 않으리라

당신이 존재할 때 종이 울림을 알게 되었으니.

별이 흔들리면

어른이 되어 하늘을 보니 별들은 사라지고 어둠만 남았으니
잠에 들어 어린이가 되어 하늘을 봐야지
그럼 하늘이 열리며 별들이 춤을 추겠지 아름다운 별빛들
어른이 된다는 건 그만큼의 약속들이 사라졌다는 것
마음을 놓고 생각을 놓고 정신을 놓으면 보이는 것들
이 세상 사랑보다 위대한 건 찾기가 힘드네
어른이 되어 하늘을 보니 별들은 사라지고 어둠만 깊었으니
다시 어린이가 되어 별이 흔들리는 꿈 꾸려 한다
멀리서 부는 바람은 아무런 감동이 없으며
지금 우리에게 부는 바람이 중요함을 알게 되었으니
이 세상 사랑보다 위대한 건 찾기가 힘드네.

빛은 노래한다

찰랑찰랑 시원한 바람에 실린 꽃들의 향기 아름다워라

슬그머니 내려앉은 맑은 빛

또록또록 꿈길 같은 마음에 내린 꽃비 아름다워라

슬그머니 올라가는 사랑스런 소원

빛은 노래한다

그대가 당신이 아름다운 생의 노래 부름에 나 기쁘니

나도 춤추고 그대도 춤추는 이 세상

찰랑찰랑 시원한 바람에 실린 꽃들의 향기 아름다워라

소중하게 곁에 있는 사람들의 목소리 밝게 퍼지니

어두웠던 어제의 밤은 낮의 빛에 숨고

고맙게 살아있음에 오늘 이 사랑스런 청슈함 들어오니

슬그머니 내려앉은 맑은 빛

빛은 노래한다

우리는 사랑으로 왔으니 사랑으로 돌아가리라

○

생은 무엇으로 빛나는가

은밀하게 내밀하게 다가오는 감정에 몸을 맡깁니다
그건 조용한 바람의 소리에 실려 온 사랑의 향기
그건 따스한 햇살이 데리고 온 행복의 향기
은밀하게 내밀하게 두드리는 감정에 몸을 맡깁니다
그건 그대의 음성이 그대로 담긴 영혼의 손길
그건 그대의 마음이 온전하게 담긴 꿈결의 발걸음
은밀하게 내밀하게 다가오는 감정에 몸을 맡깁니다
사랑 그 안에 들어가는 내 온 느낌은 떨립니다
은밀하게 내밀하게 빛나는 삶
드러낼 것도 없이 고요하게 감싸는 생명의 빛
은밀하게 내밀하게 그대를 향기 나게 하는 빛에 몸을 맡기고
저 또한 은밀하게 내밀하게 다가오는 감정에 몸을 맡깁니다.

존재가 흩어지는
눈물과 웃음

○

* 4월의 공포

4월이 오면 봄의 모든 기운들이 흩어질 듯
소란스럽고 시끄러운 확성기 가슴에 품는다.

시간은,
죽지도 않고 잘도 째깍인다.

한 우주가 바스러지면 다른 우주도 영향을 받는다
생성은 4월에 멈춘다.
잊으라며 건네는 인사에 목이 메는 건, 당신의
탓도 아니다. 반듯한 목덜미 반듯한 옷 반듯한 얼굴
적색경보가
발동한다.

4월이 오면 계절은 사라지고
퍼렇게 멍든 파도가 밀려든다. 이것이 4월이다.

○

mi corazon

I hate you

I go to hell

look in

my heart

mixing is good

feel you

feel me

my eyes see you

you are in hell

so, I will touch your soul.

on your hand

hear the wind, feel the sound

softly in soul, move moving

I have little hand

so, please please

on your hand.

○

역사가 되풀이되는 시절

시간의 흐름이 막혀 있고 행성의 움직임이 둔하면
역사가 되풀이되며 인간을 절망하게 만든다.
속이고 속이는 하루가 지나면 홀로 잠드는 얼굴에,
검은 꽃이 핀다.
구구절절한 언어로 말하기보다 때로는 숨을 쉬는 내면에
깊숙하게 들어가서 침묵하는 게 낫다.
물질에 의한 속박이 아닌
역사에 따른 굴종이 아닌,
생명으로 따라가는 별빛을 품은 하루가 어쩌면
역사의 흐름을 좋은 방향으로 돌릴 여백을 마련할지 모른다.

○

우주에 부는 바람

꽃이 피었다.
꽃이 피었다.
상징적인 의미를 버리면 꽃이 보인다.

노랑 노랑 노란 리본
철썩 파도가 치면 아이들의 비명 들린다.

잊힘과 잊힌다는 것.

좋은 결과를 바라지만 그 과정의 험난함에 지쳤기에
별빛 두드리는 소리도 듣지 못했다.

여기에 사람이 있다.
여기에 생명이 있다.
목숨은 버려지는 과정에 무정하게도 진다.
꽃이 진다.
꽃이 진다.

적색 비상등이 켜진 골목
처량한 인물이 쪼그려 앉아 있다.
이 겨울
늘 보아오던 풍경 외로움과 고요함.

집요한 바람에 붙들린 정신은 지하로 숨었다.

그 누가 있어 내 이 마음을 안아주겠는가?

근본이 흔들리는 세상의 유일한 낙은 웃음에 공기를 넣는 새벽.
차가운 바람이 분다.

텅 빈

캔버스들이 웃는다

○

풍경을 두드리다

온 우주는 가만히 있었다 멈춤

분주한 건 생명의 본능일지도 모른다 시작

붉게 퍼지는 안개를 보며 습관적으로 눈을 비볐다 중간

파아랗다 파란 길 위에서 몸을 뉘였다 과정

하얀 비가 내리는 도시 끝머리

온 우주가 눈물을 흘리고 있다 움직임.

○

한 곡의 잠 일어나다

깊은 흐름에 들어간 정신은 그 곡이 끝나자 금세

떨치며 깨었다

간결하고 싶은 새벽

육체는 울어대며 영혼의 위로를 받는다.

가버린 어제 돌아올 내일 우울의 파랑이 넘실대는 바다

한 곡의 잠이 끝내 일어선 건,

낡은 필름에 새겨지고 오래된 캔버스에 각인된 물감의 흔적.

그 이상도 그 이하도 아닌 딱 그 지점.

○

2015년 04월 15일

아침. 일어남. 옷들을 빨래하고 신발들을 빨래함.

꽤나 경쾌한 리듬의 마음이 햇살에 반짝. 이내 고개 떨굼.

중단했던 기의 흐름 공부를 하다가 악의적인 기들이 샘솟음.

태극과 원형의 기생성. 흐름이 다소 나아짐. 과거로의 여행.

06:25라는 시간에 멈춰서 회상. 생명과 죽음에의 음악을 작곡.

오후. 떨림. 아무런 생각이 나지 않음. 무형의 검정을 만듦.

미래로의 여행. 나의 패션쇼에 등장하는 모델들을 보면서 어지러움.

아침은 사라지고 물질만 남은 때. 모레 올해 마지막으로 컬렉터에게

가져다줄 그림들을 그리려다가 멈칫. 생활비를 벌어야 하기에 다급함.

호흡 정지. 노랑. 1년 전의 나와 1년 후의 내가 만남. 침묵하다.

16년 전부터 준비하던 패션 디자인을 내년부터 본격적으로 하려고 하니

암울함이 바닥을 치다. 노랑. 한반도를 벗어난 곳의 기를 찾아보지만

모든 흐름이 막혀 있음. 해외에서 방도를 구한 후 최선의 기를 보내려고

마음을 가짐. 노랑. 색채를 다루는 이의 하루를 음악으로 작곡.

형태는 점점 희미해지고 불량한 냄새의 근원에 빠짐. 태양. 노랑.

---

1 : 성을 위한 디자인 design for sex postercolor, paper
39.4x27.3cm 1999

2 : 야경 a night view oil, canvas 53x45.5cm 2001

3 : 음성 voice acrylic, canvas 72.7x60.6cm 2003

4 : 음악 music oilpastel, canvas 80.3x65.2cm 2003

〈FB Art Challenge 페이스북 아트 챌린지〉

'5일 동안 자신의 작업 3점을 업로드하고 매일 2명을 지목
해주세요'

제가 좋아하는 작가 조윤진의 지명으로 매일 세 점의 그림을 올리려고 합니다. 저는 마티에르(질감)에서 오는 그림을 초기에 주로 그리다가 점차 개인적인 인물화로 변화되어 왔습니다. 최소 수천 명에서 수만 명의 인물화를 그려서 나누어 주며 그들의 눈동자에서 영혼의 소리를 수집했습니다.

어느 인간의 내면이든 슬픔이 내재되어 있으며 그 슬픔은 공통적으로

인간으로서의 아픔이었습니다. 물론 기쁨이 있었지만 저로서는

보다 근원적인 내밀함에서 나오는 빛을 눈동자에 담기 시작했습니다.

예술가에게는 자신만의 힘이 있으며 각각의 스타일이 있습니다. 고유한 언어와 같은 것이라 생각합니다.

조윤진 작가님은 저를 추천하셔서 다시 제가 추천할 수 없으니….

인물을 그릴 때마다 느끼는 것인데 여러분 개개인마다 각자의 다양한 힘을 가지는 영혼의 빛을 잃지 마시길.

---

1 : 미묘한 차이 36 nuance watercolor, pencil, paper
   25x35cm 2005

2 : 한 사람의 인간 7 individual oil, canvas　seoul, Corea　2004

3 : 여인 lady acrylic, pencil, board 24x43cm 2003

〈FB Art Challenge 페이스북 아트 챌린지〉

'5일 동안 자신의 작업 3점을 업로드하고 매일 2명을 지목해주세요'

2일 차

인간을 그린다는 것은 인간 자체에 대한 호기심으로 시작되었지만

본질적인 깊이에 들어가는 것은 스스로와의 싸움이었습니다.

여러 번의 해외 체류 경험으로 많은 외국인들을 만나면서

그들의 이야기가 우리나라의 이야기와 다름이 없음을 느꼈습니다.

가난과 불평등

어디를 가든지 존재하는 아픔이 있었습니다.

제가 인물화 자체로 말하고자 했던 것들이 어느 지점에서 풍경화가

되고, 추상화가 되어가면서 그림이라는 것으로 상대방을 인지하는

지점에서 새로운 작업에 대한 열망이 커져만 갔습니다.

---

1 : 노동자 workingman acrylic, oilpastel, canvas
24.3x33.3cm 2004

2 : 묵상 reflection acrylic, canvas 60.6x72.7cm 2003

3 : 미묘한 차이-인생 nuance-human existence
gouache, pencil, canvas 65.1x90.9cm 2006

〈FB Art Challenge 페이스북 아트 챌린지〉

'5일 동안 자신의 작업 3점을 업로드하고 매일 2명을 지목
해주세요'

인간은 행복을 원한다.

너의 이름은 누구니라. 명명되는 순간,

인생은 흐른다.

당신의 얼굴은 누구인가?

1 : Absolute solitude pencil, watercolor, paper
  36x48cm 2012

2 : 숲의 인간4 human being in forest oil, canvas
  45.5x53cm 2013

3 : 태어나다 誕 be born coloured pencils, watercolor,
  paper 35.5x51cm 2012 (5)

〈FB Art Challenge 페이스북 아트 챌린지〉

'5일 동안 자신의 작업 3점을 업로드하고 매일 2명을 지목
해주세요'

매일 2명의 작가를 떠올리지만 대부분의 작가들이 먼저 챌린지
참가를 했다.

일요일 연속으로 이 챌린지를 하루 앞당겨 마무리합니다.

4.5일 차

세월호를 이야기한다고 해서 아직까지라는 생각이 들면 꽝.

잊히지 않는 일에 잊히지 않는 일에 마음이 아픈 것은 그들은

우리들의 소중한 이웃이기 때문이고 같은 언어를 쓰는 국민이기

때문입니다.

세월호를 잊자고 하는 이들의 검은 마음에 이 그림들을 보여 드

립니다.

---

1 : 엄마 mom acrylic, canvas 40.9x53cm 2014

2 : 천국 가기 전 before heaven pencil, watercolor,
    paper 56x76cm 2014

3 : 희망 hope pencil, paper 48x36cm 2014(2)

2015. 02. 22. 등작 燈酌 Dungzak Cestlavie

○

각 나라의 언어

첫 번째 술집에서 진탕 놀면서 배운 영어

두 번째 영혼의 스페인 친구 호세에게 배운 스페인어

세 번째 파리에서 친구 모라드에게서 배운 프랑스어

네 번째 도쿄에서 배운 서바이벌 일본어

다섯 번째 암스테르담에서 배운 네덜란드어

여섯 번째 호찌민시에서 친구들에게 배운 베트남어

일곱 번째 영화를 보며 늘 상상하기도 하고 의외로 많은 중국인 친구들의 중국어

그리고 여러 나라 언어들….

하지만 중요한 건 이 언어들 중 기억나는 건 아무것도 없다는 사실

매일 꿈을 다양한 언어들로 욕도 하고 싸움도 하며 익숙해지다가

그다음 단계에서 멈춤. 현재는 한국어도 더듬더듬

그리고 보면 언어에 재주가 있을듯하지만 젬병인 스스로가 재미있다.

몇 년 후 어쩌면 유창한 독일어로 대중을 선동할지도 모를 상황이 생길지 모를

베를린을 꿈꾸며 여전히 영어라도 제대로 알면 좋겠다는 생각.

○

겨울 단상

횅하니 부는 바람의 차가움이 덮치는 시간들….

작업실에서 그림을 그린 후 느끼는 포만감과 목마름.

겨울 채비를 다 끝내고도 남은 돈은 적금으로 들어가서 쌓여가는 현금.

이 적금은 2015년 12월 01에 끝나고 계획대로라면 나는 뉴욕과 베를린으로

이사를 갈 수 있다. 떠나는 자와 남겨진 자의 호흡소리.

그림만 그려서는 살기 힘들다 해도 그림만으로 산 2014년 올해의 기억들.

좋은 사람들의 이야기에 실린 나의 마음이 기분 좋았던 추억을 되살리고,

이 겨울

누군가의 따스한 온기가 되기를 바라며 기도를 드린다.

젊음이 조금씩 흩어지는 소리가 들리지만 그것마저도 나에겐 축복.

내가 사랑하고 내가 사랑받고, 결국은 이기적인 춤은 그만두기로 한 지금.

목소리에 젖은 비가 파랗게 내리고,

오래된 겨울의 풍경은 낡은 바람에 실려 내일로 간다.

○

겨울나기의 폐해

11월부터 겨울나기 시작한다고 무작정 작심을 하고 생활에
필요한 물품들을 사고 그림을 그릴 캔버스들과 물감들을 샀다.
그 와중에 전화 사기로 얼마간의 돈을 날리기도 하고….
그리고는 외로운 마음이 찰랑거려 더욱더 술을 마시기 시작했다.
꽤 많은 양의 작품들을 만들고 식량들을 소비하며 1년간 기르던
수염을 자르고 헛헛한 생각에서 조금씩 나오기 시작하던 시간.
이제 2015년 3월까지 두 달이 남았다.

담뱃값이 오른다지만 열 보루의 담배가 남아 있고 연말과 연
초를

기념할 술들이 있다. 겨울나기의 마지막을 장식할 새로운 캔버
스들과

물감들도 있다. 소유한다는 것이 나쁘지만은 않구나며 위안하는
겨울.

두 개의 적금에 2015년 8월 그리스에 갈 여비가 채워졌고

내년에도 많이 그리고 많이 팔아 연말에는 뉴욕과 베를린으로
이사를

가야 한다. 겨울나기의 폐해는 다름 아닌 술과 기억의 전쟁….

하고 싶은 것도 많아지고 해야 할 일들도 많지만 나름대로 힘내

어서

  살아가고 있는 예술가로서 이 시대의 초상에 불을 지펴볼까
하는.

○

결심과 결정

내가 검사가 되어 나의 죄명을 올리고

내가 판사가 되어 공평함으로 죄를 규정한다.

표현의 자유를 가진 민주주의 국가에서 태어나서

왜

나는 늘 침묵하고 아파하는가?

행동으로 발언으로 선동하는 걸 싫어하기 때문이다.

예술을 선택했지만 그것으로는 힘이 약하다.

법 앞에서 만인이 평등하지 않기에,

예술 안에서 만인이 행복하지 않기에,

법과 예술을 갈아엎으려 한다.

꽤 오랜 시간이 지나겠지만 치밀하고 끈질기게 힘을 비축하려 한다.

검열이 일상화된 사회는 병들어서 웃음보다 울음이 넘친다.

우선,

예술과 법은 자신이 기본이 되는 게 아니라

타인이 즉 이웃이 기본이 되는 것이다.

망각의 시대

저마다의 색채는 온통 잿빛이다. 빛이 숨겨진 마음에는

육두문자와 공정하지 못한 판결문으로 붉게 찍혀 있다.

○

계획

---

1 : 2016년부터 매일 3시간씩 패션에 집중한다. 매일 한 점
　　의 패션 디자인을 그린다.

2 : 2016년부터 매일 3시간씩 그림에 집중한다. 매일 한 점
　　의 그림을 그린다.

3 : 2016년부터 매일 3시간씩 글에 집중한다. 매일 한 편의
　　시를 쓴다.

1년 뒤 저에게는 패션 사업을 할 365점의 패션 디자인이 있으며 미술 전시를 할 365점의 그림이 있으며 책으로 낼 365편의 시가 있을 겁니다.

게으른 저에게 매일 9시간의 노동이 주어질 때 어떠한 변화가 일어날지 모르겠습니다.

하지만 분명한 건 오늘도 예술 안에서 작업을 하고 생각을 하고 있다는 겁니다.

굳이 2016년이라고 한 것은 생활의 터전이 유럽으로 바뀌는 시점이기 때문입니다.

꿈이 있다면 그 꿈을 계속해서 연상하라. 정신이 모이고 생각이 모이고 마음이 모이면 나 자신의 삶이 변화한다. 불평을 이야기하고 불만으로 살기에는 인생이 그리 길지 않을 것 같아서 준비하고 실행하며 살려고 합니다.

2015. 04. 10. 등작 燈酌 Dungzak Cestlavie

고인 물은 썩는다

○

새봄이 오는 소리

깊은 잠에 깊은 꿈을 꾸었다. 욕망에 사로잡힌 물질의 인간.

현재 내가 무엇을 하고자 하는지 명확하지 않음은, 정신이

비대해서이다. 오늘 밤에도 많은 정신파들이 요동치는 걸 차단하고

일찍 눈을 떴다. 이번 주는 전시를 마무리하고 다음 주는 백두산으로 간다.

여행 이후 서울에서 일주일 정도 머물면서 이곳저곳 흔적을 남겼다가

부산 작업실로 돌아와서 작업에 몰입할 예정이다.

한결 부드러워진 바람소리에 봄기운 살짝 들어와 있으니 기쁘다.

계절이 가고 옴에 더 이상 신경을 쓰지 않지만 그래도 봄은 예쁘다.

새벽에 깨어 명상이 아닌 오롯한 내 안의 여행을 진행해도 좋고

잠들어 있는 생명들의 정신에 가만히 기대어도 좋다.

요 며칠 존재하지도 않는 사상놀이에 무의미한 반응을 하는 것에

지치기도 하고 내가 가는 길에 장벽도 되지 못할 군상의 헛헛함에

질문을 닫는다. 새봄이 오는 소리에 모두 흩어질 집단의 광기여! 안녕!

○

성공에의 열망 그보다 더 지독한
성공에의 집착

2005년 프랑스 파리에서 매일 일어나고 잠들 때 나는 보았다. 성공을 향한 나의 노력은 노력이 아닌 망상으로 연결되어 수많은 사람들과 대화하며 먹고 마시며 놀면서 영혼을 흡수를 하거나 하면서 아니면 서로 나누면서 세상에서 가장 유명하고 가장 아름다운 작품을 만들어 내는 작가로서 빛나리라며 번쩍이던 그때. 나는 새벽에 끌리듯 일어나서 루브르 박물관을 지나 열린 문을 통해서 궁전의 앞뜰을 거닐었다. 황제가 된 기분과 세상의 아침을 나홀로 커다란 정원에서 깊은 떨림에의 풍요를 맛보던 날 혼자서 열망하고 혼자서 들떠 있던 성공에의 집착을 버렸다. 홀로 유명하고 홀로 빛나면 무엇을 할 것인가? 정원에 혼자 거니는 것이 혼자 자유로운 것이 무슨 소용이겠는가? 생명에 대한 그리움이 숨을 트고 분명하게 느껴지는 수많은 조준사격 레이저로 나에게 어떠한 이유로 이날 루브르와 정원을 개방했는지 모르나 신의 뜻이 숨겨져 있음을 알게 되었다. 그 후 네덜란드 암스테르담 숲으로 숨어든 한 사나이는 사람들의 교류를 끊고 지독히도 내면의 추에 무게를 달며 몇 달을 지냈다. 숫자는 중요하지 않았고 체류 시간도 중요하지 않았다. 파리를 떠나기 전날 프랑스인 세 명과 몽파르나스의 오래된 카페에서 와인을 마시며 내 그림에 영혼을 내어준 한 프랑스인 남자의 광기를 보면서 내 그림이 사람을 홀리는 수준까지 되었구나며 내심 안도하면서 내심 두려워하며 밤을 지새웠다는 사실에서 성공은 바로 손닿을 곳까지 왔으며 성공은 곧 모든 물질에의 접근이자 정신에의 차단임을 알고 있었던 나 자신에의 환멸을 스스로 격하게 쏟았다. 오래전 숨겨진 이야기들과 나를 둘러싼 기이한 경험들은 현재 나의 영혼을 보호하기도 하고 허물기도 하면서 하루를 살아감에 고마워하는 마음을 가지게 한다. 그토록 원하던 성공에의 열망 그보다 더욱 지독하던 성공에의 집착이 만들어내던 괴물과도 같았던 내 영혼은 소년의 순수함과 닿아 더욱 일그러지고 괴이한 소리를 내었던 그날들….

○

예술가의 유명세와
진정성에 대한 이야기

유명해지면 당신은 모든 걸 소유할 것이다. 정말일까? 뜨는 별이 있으면 지는 별이 있다. 예술가의 인지도가 물질로 변화되는 것에 대해서는 할 말이 없다. 유명한 사람이 있으면 무명의 사람도 있으니 유명해지기 위해서 예술을 활용하는 것도 별 할 말이 없다. 힘에 봉사하는 예술, 권력에 기생하는 예술, 오직 밥만을 위한 예술. 이건 아니다 싶지만 반박할 의지도 여력도 없다. 모든 예술가들의 욕망을 살짝 들여다보면 소유욕이 엄청나거나 아니면 일찌감치 포기를 하고 돌아선 경우가 많다. 자기 복제의 시대. 사회의 불편함을 예술로 바꿀 수 없으니 그만 사라지는 경우. 작품들은 말없이 사그라진다. 나는 예술가가 유명해져서 목소리를 내고 자신만의 독창성으로 사회에 참여하는 것이 당연하다고 생각한다. 작품의 가격에 따라서 예술가의 인격이 형성되는 것이 아니라 예술가의 인격이 작품값을 대신하는 경우. 혼란스러운 지상에서 묵묵하게 자신의 예술에 매진하고 고독에 온 영혼을 담가 꺼내놓는 작품을 상상해 보면 그 예술가의 눈동자와 손에 입맞춤을 하고 싶다. 천 년을 견디지 못하는 예술은 그 가치가 미약하며 만 년을 버티는 작품은 그것만으로도 인간에게 힘을 준다. 어제의 유명세가 오늘의 무명이 되고 어제의 무명이 오늘의 유명세가 되는 세상. 그 어떤 환경에서든 예술 안에 들어가서 작품을 일구는 사람들에게 나는 예술가라는 이름을 붙인다. 가짜가 진짜로 될 수 없는 시간은 그이의 손과 눈에 달려서 깊은 물결로 흐르는데 유명과 진정성의 어긋난 동침이 사뭇 거슬린다.

○

예술가의 책무

우선 나 자신에 대해서 간략하게 요약하면 나는 혼자서 북 치고 장구 치고 혼자서 예술의 전 과정을 도맡아서 한다. 미술, 음악, 사진, 영화, 문학의 문밖에서 끊임없이 문을 두드리며 문이 열릴 때까지 다양한 체험들을 모으기도 하고 합치기도 한다. 요즘은 버리는 연습을 하기도 하며 결국은 예술이라는 것이 인간에게 생명에게 어떠한 영향을 주는가?란 생각에 도달하면 이러한 결론이 난다.

1 : 예술가는 정치가가 아니다. 예술의 정치화란 결국은 작품을 팔기 위한 수단을 넘어서 권력 지향적인 어떠한 지점에 이르는데 이것은 강자(부자나 귀족)에게 붙어서 겉으로는 일반 시민들의 감동과 연대 의식을 바라고 함께 행동하는 것처럼 보이지만 결국은 사기에 다름 아니다.

2 : 예술에 대한 단단한 실력과 정신이 결합되어 있지 않으면 작품이 아니라 쓰레기를 생산하고 있음을 알아야 한다. 하루 종일 예술에 정신의 촉이 닿아서 변화하는 시간의 흐름에 아파하거나 분노하거나 슬퍼하거나 할지라도 작품에서만큼은 순수함을 잃

지 말아야 한다.

3 : 예술이 생명보다 더 나을 이유는 전혀 없다. 그럼에도 예술이 주는 감정선이라는 것을 이웃과 나눔에 있어서 인색하지 않은 예술가는 밥을 먹을 이유도 생기는 것이다.

4 : 거짓 예술과 참 예술의 구분은 누구보다 사람들이 안다. 처음에는 단순한 기술적이거나 화젯거리를 제공하거나 흥미로움을 유발하는 작업을 해서 이름을 알릴 수는 있으나 그것은 결국은 들통난다. 겨우 천 년 겨우 만 년 겨우겨우 살아가는 애송이와 다름없다.

5 : 예술과 사업적인 만남은 예술이 온전하게 작가에게서 분리되어 있으며 사업의 역량이 될 때 가능하다. 어설프게 접근되는 사업가로서의 예술가는 가짜다.

6 : 너무도 많은 사람들이 예술가라고 한다. 그렇다. 누구나 예술가다. 그럼 당신은 예술에 목숨을 걸어본 적 있는가? 한 번도 없었다면 그것 역시 빈약한 당신들의 철학이다.

7 : 세계적인 작가를 꿈꾼다면 과연 자신의 작품이 그에 걸맞거나 자신의 생각이 그에 걸맞다는 객관적이고 주관적인 경계에서 냉철한 판단이 필요하다. 지역적인 작가들은 참 많다. 세계 속의

작가가 되기에는 부족함이 있다면 채워나가거나 포기하거나 들러붙거나 그런다.

8 : 예술가의 책무는 예술은 예술로 정치는 정치로 사업은 사업으로 구분되어 예술작품 자체로서 힘을 발휘하는 것이 일상화되도록 노력하는 것이다.

○

창작의 즐거움과 창작의 고통

예술가로 사는 동안에 몰입의 즐거움과 몰입의 고통에 직면한다. 또한 예술로써 스스로만을 위한 예술은 없기에 세상을 바라보는 일과 세상의 기쁨과 아픔에 바로 대면한다. 입을 막고 귀를 막고 손을 막은 예술은 더 이상 예술이라고 불리지 않는다. 비록 손재주로 어느 경지는 이룰 수 있으나 그것으로 예술의 경지를 이루기에는 한계가 극명하다. 생각이 정신을 움직이고 정신이 영혼을 움직이며 영혼이 손을 움직인다. 마음이 없는 텅 빈 화면은 그림이 아니다. 그럴싸한 말주변과 그럴듯한 손재주로 잘난 척하는 예술가들이 없지 않으나 그런 이들은 관심의 대상이 아니다. 나에게는 솔직하고 담백하게 고유의 상징과 고유의 기호를 풀어내며 스스로를 일으켜 세우는 사람들이 예술가이다. 창작은 즐거움과 고통을 동시에 주지만 그런 행위들의 결과들이 시대를 만들어내고 시대를 연다. 비록 개인적인 역사에서만 작동하더라도 박수받을 자격이 충분하다. 만일 그대가 예술의 기운과 예술의 맛을 보려면 기술적인 반복 효과보다도 선택해야 할 것은 묵직하게 정신을 벼리고 가볍게 손을 움직이는 연습이다. 물질 즉 돈으로 직면되는 맘몬신이 지배하는 예술계는 이미 지옥이기에 다양한 군상이 별의별 짓을 다 하며 유혹하지만, 창작에 대한 의지를 가진 예술가는 그 지옥도 맛본 후 이미 훌훌 털고 자유로운 영혼이다. 그이는 천국도 지옥도 더 이상 구속하지 못하는 의지를 인간으로서 행하기에 훌륭한 영감을 사람들에게 전한다. 나도 그렇게 살고 싶지만 아직은 때가 무르익지 않았으니 다만 고독의 한 철을 보낼 뿐이다.

○

철학의 귀환과 정신의 부재

깊이 알려고 하면 쥐도 새도 모르게 사라지는 아침.

생각의 깊이가 아닌 차이의 깊이 즉 다름으로 여기는 하루,

상대가 인간이라는 것을 망각하고 사회의 덧칠된 유희로운

극단적인 대립으로만 인지하는 유령들의 도시 그리고 국가.

이 시대는 철학하기 좋은 시대이다.

누구나 열린 사고가 아닌 숨어서 자유하는 반치(반쪽 몸뚱어리)들의

촉수에는 아쉽게도 정신이 존재하지 않는다.

법치주의 민주주의 자본주의 사회주의 공산주의 낡은 거대한 윤리는

인간을 더 이상 인간으로 보지 않고 물건을 대하듯 자신에게 매겨진,

점수에 기대어 낮고 높음을 판단하고 행동한다.

축복받은 시대

철학은 쪼그라든 성기에 들어가서 옹알이를 시작하며

정신은 비대한 짝짓기에 매진하며 편을 가르기에 여념이 없다.

자유. 평등. 박애

가치의 혼란이 아니라 생활의 혼란이라 일컬어지는 현상들.

누가 누구에게 종속되어진 게 아니라 누구도 스스로 존재함은

상대가 있어서임을 잊는 망상의 헛스러운 현실체재.

체재의 붕괴는 혁명으로 핏물로 이루어지는 것이 아니라, 진정 서로가 서로에게 다가서는 인사로부터 발단이 된다.

경계구조.

물질이 물질을 잡아먹는 지옥도에 아주 까맣게 새겨진 작은 점이

바로 나의 모습이다. 지옥도에도 탈출구가 있다. 따스한 바람에 실린

뭉퉁대는 어지러운 잡것들을 잡아들여 인사를 나누고 헤어지는 지금 시간은

07시 22분.

○

추억 하나

2005년 파리에서 살 때 만난 분 중 파리 8대학 철학과 조교수가 생각난다. 함께 맥주도 한잔하고 즐거운 대화를 나누다가 우연히 한국의 화가들이 전시하는 전시장을 들리게 되었다. 그분도 한국인이었지만 나보고 머리 아프다면서 빨리 나가자고 했다. 그러고 보면 해외에서 전시하는 한국 예술가들이 다 그런 것이 아니지만 해외전시 몇 번 했다고 그다지 유명한 것도 아니고 수십 명 수백 명의 사람들이 작품을 봤다고 유명세를 타는 것이 전혀 아님을 알게 된 날이기도…. 영화에 관심이 있고 예술에 민감하던 그분이 나를 참 좋아해 주는 것이 나름대로 좋았지만 어쩐지 연인으로 발전하지 못한 건 순전히 내 탓이 크다. 그 당시 아무것도 가진 것이 없었지만 매일매일 새로운 아름다운 여성들을 만났었고 대화하고 교류하면서 모든 여성과 그 이상의 접촉은 삼가던 시절. 그 조교수님은 지금쯤 정교수가 되셨을 듯하다. 요약하자면 참 많은 어여쁜 여성들이 나를 말 그대로 스쳐만 갔고 해외에서 활동한다고 까불어도 전혀 아닌 예술가들 숱하다는 것 정도…. 매일 인사하며 만나던 조각가와 사진가 화가들은 누가 뭐래도 최고의 예술가들이었지만 전혀 티 내지 않고 나에게 힘을 실어주던 것이 기억난다. 정말 유명한 한국 태생의 예술가들은 한국에 오고 싶어도 못

올만큼 바쁘고 예술의 터전이 해외에서 뿌리가 깊다. 나라도 얼치기 같은 행동은 삼가겠지만 프로의 세계, 특히 예술의 세계에서는 실력이 있고 없고는 기본이다. 외국인들이 인종 차별할 것 같아도 상대방이 어느 나라 출신이든 특출하면 친해지려고 애쓰고 별 볼일 없으면 대충 상대한다. 파리의 따스한 햇살과 와인이 생각나는 오후…. 참 야속하게도 이제야 그때 그 여성들을 추억하다니…. 어쨌든 봄. 봄. 봄이다.

형태로 읽는 언어, 언어로 읽는 형태

몸

어떤 마음으로 몸을 보는가 에 따라서 육체는 변화한다. 단지 성욕의 배설만으로 본다면 몸은 찌그러진 선 하나일 뿐. 눈을 감고 신선한 공기를 형성하고 눈을 뜨고 몸을 보라. 육체는 살아 있는 예술이다. 그대의 몸도. 나의 몸도. 남성의 육체나 여성의 육체나 몸이라는 자체로서는 동일하지만 그 감성은 무척이나 다르다. 생명의 시간. 낯섦의 세월이 지나면 육체는 꽃을 피웠다가 서서히 움츠러든다. 그럼에도 몸은 살아 있다. 곡선과 직선의 조화로움이 펼쳐지는 화면. 어디선가에서 본듯한 익숙함은 인간의 몸이 서로를 닮아 있음에 그럴 수 있다. 모든 육체는 다 이유가 있어서 형성된 것이다. 자신의 몸매를 보면서 타인과 비교하고 자신의 성적 매력을 알리고 싶을 때. 몸은 변화하는 공간에서 무궁무진하게 향기를 발산한다. 곱고도 고운 여성의 나신이 벌거벗음 이상의 밀도감을 내는 것은 시간의 흐름을 막고 정지시키기 때문일지도 모른다. 남성의 육체는 어떤가? 강함을 나타내기 위한 수단으로 몸은 훌륭한 매개체이지만 몸은 시간에 바스러진다. 영혼의 몸을 건강하게 일어나게 하는 지상에서의 맑은 하루에, 자신의 육체를 들여다보자. 두려울 것도 부끄러울 것 하나도 없다. 화가에게는 몸이라는 그 자체만으로도 충분한 이야기를 만들어 내는 형태이고 색채이다.

○

형태로 읽는 언어, 언어로 읽는 형태
빛

검은 향기가 퍼진다. 갈 곳 잃어버린 외딴 방. 기억이 소멸하고 육체가 굳어버리는 곳 그곳에서 기다리는 건 빛. 나에게 빛을 다오. 어둠이여. 빛을 주렴. 형태에 있어서 빛처럼 중요하고 다양한 색채를 품어내는 게 또 있을까? 빛 앞에서는 옷이 필요하지 않으며 수치심이라는 단어는 사라진다. 아침에 빛으로 샤워를 하고 갈증을 물로 한 잔 채우면 마음은 춤을 추며 언어는 날개를 단다. 헤어지지 못하는 이 빛에 언젠가는 나 또한 빛으로 돌아가서 지상에 흩뿌리리라. 흩어지며 빛을 내리리라. 빛. 언어의 중심에는 낮과 밤이 존재한다. 누구는 밤에 살고 누구는 낮에 산다. 공존의 법칙. 누구도 한쪽에서만 살 수 없는 공간. 우주에 날아가는 빛의 입자는 곱고도 화려하며 찰랑인다. 어느 존재에 닿을 빛. 한 번도 만난 적 없지만 잊히지 않을 강렬한 조우. 빛은 어둠을 밝히고 빛은 마음을 환하게 한다. 빛의 형태는 제 모양이 없기에 당신의 상상에 언어를 더해서 만들어 보길 권유하는 건 빛이 곧 하늘이요 빛이 곧 생명이기 때문이다.

○

형태로 읽는 언어, 언어로 읽는 형태
얼굴

　당신의 아름다움이 나를 숨 막히게 한다. 타오르는 태양의 얼굴 그러나 당신은 곧 검은 얼굴이 되어 빛의 저편으로 사라진다. 인간은 얼굴이 있다. 제각각의 얼굴 모양은 곧 인간 자체인 양 되어버리기도 한다. 내면의 고요하고 정갈한 멋을 이야기해도 얼굴빛이 추하면 들어주기 싫은 모양새가 된다. 그대의 눈동자 품은 형태는 여러 표정을 동시에 읽히게 하기도 하고 때로는 미궁에 빠지게 한다. 곡선과 직선. 선의 흐름은 얼굴 전체에서 발견할 수 있지만 눈, 코, 입, 귀, 머리카락, 입술, 눈썹의 제 모양으로 이해되기도 한다. 내가 인간의 얼굴을 자주 그리는 것은 인간의 얼굴이 우주와 닮아서이다. 특히 중점에 두는 눈동자의 일렁이는 빛의 형상. 말하지 않아도 눈을 읽으면 이야기가 된다. 사람들은 저마다 자신의 형태로 말을 건네고 언어로 형태화된다. 영혼의 새하얀 꽃은 밝은 모양으로 이마에 내려앉지만 언어화된 말씨에 담긴 뜻으로 인해 때로 우울하게 때로 경쾌하게 얼굴을 형성하는데 기여를 한다. 자화상은 자신의 얼굴을 자기화시켜 절대적인 고독과 마주 보는 행위이다. 저마다 자화상을 가지고 있다. 파랑의 빛, 붉은 미소, 노랑 눈빛, 초록 이마. 얼굴의 형태는 똑같이 그려져야 하는 것이 아니라 반대로 다르게 그려져야 한다. 한 번도 자신의 얼굴을 거

울에 비춰보지 않았던 것처럼. 언어가 되는 얼굴은 시가 되어 별
이 되고 형태가 된 언어는 달이 되어 지상을 비춘다.

형태로 읽는 언어, 언어로 읽는 형태
영혼

영혼은 어떤 형태를 가지고 있을까? 정확한 답변을 요구하는 질문이 아니다. 저마다의 빛이 다르듯 제각각의 영혼의 형태는 다르다. 종교적이든 그렇지 않든 시대는 희생을 요구하고 그 희생은 영혼을 잃어버리게 한다. 원형에 가까운 형상은 그 기운이 우주와 닮아 있다. 그렇기에 영혼의 형상도 원형에 가깝지 않을까? 란 의문이 든다. 영혼이 환하고 아름답다면 그것을 보게 하는 것은 형태인가? 아니면 언어인가? 형태와 언어는 떨어지기 힘든 쌍둥이와 흡사하며 또한 같은 것을 지향하는 것처럼 보여도 다름을 추구한다. 예술에 있어서 형태를 그리고 언어를 말하는 것은 오래된 습관처럼 보일 수 있으나 필요한 부분이 크기에 형태와 언어를 따로 구분 짓는 것보다 친구처럼 인식하고 닮은꼴이 많은 것으로 이해를 하는 것이 좋다. 다시 돌아가서 당신의 영혼은 어떠한 형태로 빛을 냅니까? 하는 물음에 왜? 영혼이 빛과 동일시되는가에 의아함을 느낄 수 있다. 언어는 빛이요. 영혼도 빛이라. 그러하기에 언어화된 빛은 영혼과 닿아 있으며 함께 공존하고 있다는 말을 하고 싶다. 태양이 뜨는 것이 당연하다고 생각하더라도 영혼이 떠나면 태양은 숨을 죽이고 어둠에서 안으로 안으로 영혼을 품어 또다른 우주에 내린다. 영혼의 물결, 빛의 물결, 사랑의 물결. 영혼의

형태를 고유한 개인의 인지로 이루고 영혼의 언어를 서로와 서로
를 비추는 등불로 이해하는 시간이다.

형태로 읽는 언어, 언어로 읽는 형태
정신

　미쳐 날뛰는 공기에 퍼진 이상한 언어들의 나열. 청초한 백합이 떨고 있다. 인간의 정신은 때로는 흐릿하게, 때로는 또렷하게 명징하다. 안개를 걷어내고 살펴보는 정신의 형태는 어떻게 생겼을까? 원, 사각, 삼각, 마름모. 아니다. 정신의 형태는 읽는 자의 느낌에 따라서 변화하고 인지된다. 굶주린 자아에 깃든 정신은 휑한 몰골이며 배부른 포만감의 정신은 비대하다. 언어로 읽을 수 있는 정신의 형태는 두루뭉술하게 표현되기에는 부족함이 많다. 나의 정신은 거대한 입술이고 더욱 거대한 혀와 같다. 당신은 어떠한가? 물질이 지배하는 시대에 정신은 홀로 갈 곳 없어서 웅크리며 땅바닥을 기고 있는지도 모른다. 정신과 정신의 결합. 누가 누구를 삼켜버리는 상상은 그것만으로도 아찔하다. 시간이 흐르고 비가 내리고 햇살이 돋는 시간. 정신은 서서히 형태를 만들어 내며 일어선다. 아름답고 추함을 비켜서고 싶은 정신은 축제를 벌이지만 남는 건 거의 모두 타다가 남은 잿덩이이다. 사랑을 정신에 더해보고 미움도 더해보면, 서서히 걷히는 형태는 극도로 축소된 알갱이 하나일지도 모른다. 무지개가 뜰 때 정신도 함께 성장하면 좋겠지만 다양한 색채로 이루어진 모양의 정신의 형태는 시시각각 흐른다. 유동적인 밀실에 갇힌 정신. 때때로 모든 걸 잊고 살아가고 싶은 정신은 상처받고 할퀴어진 형상으로 어쩌면 엄마의 젖무덤에 빠진 무아지경의 아기를 꿈꿀지 모르겠다.

○

새벽은 비를 켠다

수 없을 이름이지만 홀로 아픈 이름이 있다.
뇌의 혁명. 뜻 없는 흘림. 생채기 난 바다.
헤아리지 못할 가슴들 사이사이에 비켜나는 곳,
때 이른 꽃망울.

내 존재가 미끄러지는 길 위에서 엎드려 기도한다

잠 못 드는 영혼.
죽음의 하얀 연기가 피어오르는 망각의 바다.
세월은 세월을 잊으라 하지만, 그럴 수 없다.

당신의 존재가 깊이 우는 이 새벽의 바다
비가 연주를 시작하고 끝 모를 바람 소슬하다.

○

검은 물결

소리 내지 않는 어둠이 덮치는 광경에 침묵으로 일관하니
어느새 그 어둠에 목소리 잠겨 소리를 낼 수 없는 이가 되었다
빛은 꿈의 세상
어두운 방이 세계로 확장되고 다시 우주로 검어진다
사랑도 무엇도 아닌 다만 바라보는 것의 어지러움에
똑딱이는 째깍이는 시계가 유일한 위안이 되어
쓰러지고 밟히고 억류됐던 불복종의 대가를 얼른 집는다
소리 없음이 검은 게 아니고 검은 게 침묵이 아닌,
이름 명명되지 않은 유일한 출입구의 문을 흰색의 반대어로
읽으니 검푸른 고래 한 마리 바다 깊은 울림으로 소리를 내니.

○

꽃이 된 사람

땅에 누웠다 잠이 깨지 않아 우주를 서성이다
대지가 이끄는 힘 안에 들어가 시대를 겪었다
구름이 흘렀다 어제도 흘렀을 구름은 변화해 있다
뿌리에 닿았다
그대로 그 뿌리에 안겨 우주를 털어내고 이 우주에
머물며 그대로 녹아들었다
어느 해 어느 날 어느 대지 위에 꽃이 피어 향기를
온 세상에 날리면서 아름다운 마음 사람들에게 전했다.

○

낮에는 별빛 고요하여라

밤을 잊고 깨어나 파란 하늘의 빛을 본다
깨끗하게 지워진 별빛 고요하여라
생의 비단길이 막힌 후 흙탕물을 걸어가도
삶 그 이름의 꿈이 있어 별빛 침묵하는 기도에
하루를 버티고 하루를 견뎌낸다
아픔의 시간 고통의 시간 이별의 시간
시간은 어둠에 사라지고 기억되는 순간만 남아
허공에 맴돌며 잃어버린 붉은 꽃을 만지작거린다
장미
어떤 찬사에도 흔들림 없는 고요한 별빛 닮고 싶은
그러한 오후 1시
잊지 않으리라며 떠난 빈자들의 안부를 묻는다.

○

눈물을 흘리는 자유

혹자는 이야기한다 눈물이 뭐 그리 대수냐고?

그러나 눈물은 많은 의미를 내포하며 울림을 가진다

헤어짐의 눈물 아픔의 눈물 기쁨의 눈물 행복의 눈물

이별 후,

쏟아지는 눈물이 대지에 흘러 꽃의 양분이 된다

언젠가 보게 되는 꽃들의 흔들림은 그대 눈물의 흔들림

기쁨의 눈물이 많지 않은 것은 슬픔이 눈물을 먹었기 때문이다

내뱉으렴 눈물아 웃음을 지을 수 있게 눈물 왈칵 쏟으렴

눈물을 제대로 흘릴 수 없고 눈물을 마음으로 썩게 하는 것은

자유로움이 없다는 것

눈물에 누워 눈물에 깨워지고 눈물에 하루가 지나가는 풍경

그대 사랑스런 당신의 눈물이 비가 되어 흐르는 겨울 문턱

고요하게 눈을 감고 기도를 드립니다 당신은 눈물이 아니라고

당신은 웃음이라며 눈물이 마저 흐르길 기다립니다.

○

등불 아래

힘이 없다
죽을힘도

○

바람의 소리를 들어라

영혼을 날리우는 조용한 바람의 소리를 키워라

어디론가 떠나고 싶어 해도 몸은 정지한 박제

꿈은 시간과 공간의 제약이 없다

바람에 실려 우주의 끝에서 우주의 끝 너머

사랑으로 따스한 생명의 악수를 기쁘게 받아

우리는 당당하게 어깨를 펴고 날개를 펼치리

바람에도 소리 키우기가 있다면 최대한 올리고

폭풍의 중심에 들어 무음의 진공을 느끼리라

고요를 원하든 흥분을 원하든 바라는 대로 이루리니

우리의 것은 우리에게 들어와 충분하게 만족하리라

벗이여

오늘의 아픔은 바람과 함께 존재하니 그대 원하는

속도와 그대가 원하는 소리로 달래줄 바람의 소리를 들어라.

○

불빛 만찬

요정들이 깨끗한 날개를 달고 쪼록 곁에 앉는다
뮤즈는 여럿이 모여 한 명의 예술가를 재고 있다
그가 그려준 그림들이 뮤즈들은 자신들의 음악으로
재탄생시켜 그의 잠결에 들려주며 편히 함에
순간, 왔다
불빛들의 왕이자 불빛들의 하인인 그가 왔다
빛들에게 색을 칠하는 화가에게 인사를 하고는
우주 저 끝의 빛을 모아 지상의 대지에 뿌린다
혹자는 별똥별이라 하고
혹자는 별들의 잔치라 하나
우리들은 알고 있으니,
불빛 만찬이여 음악의 아름다운 음률도 그림의 아름다운 색채도
모두 불러들여 인사하는 불빛의 청초함….
그날 그리움 오래전을 기념하며 글을 쓴다.

비가 내리는 예루살렘

한 아이가 하얀 옷을 둥글게 말아 입고 마당에 나왔다
비가 서서히 하강하며 머리 위로 입술로 발바닥으로 떨어진다
마치 아무도 살지 않는 무음의 공간 예루살렘
인기척을 느낄세라 하느님은 조용하게 내려다보신다
누가 누구를 죽이고 누가 누구를 배반했는지에 대한
말씀은 전혀 없다.

예수님이 이 길목을 지날 때 사람들이 침을 뱉고 욕설을 지껄
였다

빗물이 흘러 웅덩이를 만들 때,
아이 한 명이 달려 나왔다 빨간 두건을 한 그 아이는
고요하게 잠든 땅의 새싹들을 바라보며 기도한다.

회색의 도시 예루살렘은 관념이 아니라 진정 존재하는 도시이다.

○

차가운 추상 뜨거운 추상

화면을 지배하고자 붓을 휘둘렀으나
색은 정착되어 굳어가고 추상은 형상을 곧이곧대로
차가운 얼음 같은 추상이여
뜨거운 여름 같은 추상이여
길 잃은 자,
이 그림 저 그림 옮겨 다녀도 결국은 혼자이라네
따스한 온기가 그리웁다 해도
혼자여만 하리라
변치 않을 영원을 노래하기엔 보통의 시각으로
보통의 안일함으로 지새우니
빛 내려앉은 자리에
차가운 추상 뜨거운 추상 읊조림만 울리네.

○

침묵이여 노래하라

육체노동이 끝나면 정신은 0에서 흔들린다

노래할 힘도 자리에서 일어날 힘도 비틀린다

그러므로 부탁인데 침묵이여 노래하라

노동하는 이들의 침묵이여 노래하라

착취와 교묘한 억압은 이미 단단한 금속이 되어

보통의 방법으로 깨트릴 수도 흠집 낼 수도 없다

그럼 생각하라

정신의 힘으로 그 금속을 완전하게 부술 수 있음을

영혼의 눈물들이 모여 땀을 만들어 호수가 되고 바다가 된다

끔찍한 유린은 일상화되어 스멀거리며 쫓아온다

침묵이여 그대가 노래를 하면 그 노래는 광장을 울리고

거리를 울리고 자연을 울릴 것이다.

침묵이여 노래를 부르자.

파리 지옥의 한철이 아닌 천상의 한철 눈물의 한철…. 2005년
파리에서 le ponts des arts 예술의 다리에서 수천 명의 사람들
과 눈을 마주하며 하시시와 와인에 취했다. 보자르 예술학교는

작업 터였으며 루브르 박물관은 놀이터였다. 새벽 루브르 앞 공원에 담을 넘어 고즈넉하게 혼자서 거닐던 한때, 왕이 부러우랴? 여왕이 부러우랴? 그렇게 그림을 그렸다. 70여 점의 그림은 샹젤리제 공원에서 잃어버렸고 전시는 날아갔다. 후회가 없어도 늘 마주하는 배고픈 이들과 배부른 이들의 입장. 한 회사의 주인은 내가 그려준 그림을 가지고 열 시간을 그림만 보며 몽파르나스 언덕 단골집에서 정말 맛있는 와인을 사주었다. 다음날 나는 암스테르담으로 갔지만 오랜 시간 아랍인 친구들의 환대와 어느 성당 앞에서 해가 질 무렵…. 기도하던 아랍인의 기도를 잊기 힘들다. 술에 취해 마약에 취해 비틀대었어도 영혼의 날개는 하얗게 달아올라 노트르담 대성당 다리 밑에서 살사를 아름다운 여인들과 추었다. 깊은숨 뒤에 매일 걸어서, 혹은 지하철로 이동하던 파리의 낮과 밤. 그들은 나를 미친 예술가로 보았고 나는 그들을 선량한 시민으로 보았다.

○
하얀 캔버스는 그리지 않아도 된다

그가 혹은 그녀가 이야기한다
하얀 캔버스는 그리지 않아도 된다고
그래서 오늘은 물감 한 방울 흘리지 않고
하얗게 지새운 술의 밤을 되돌린다
다시 밤,
하얀 캔버스는 친구가 되어 시시각각 변하여
형태와 색채를 들어낸다.
누가 그린 지도 모를 그림이 나타났다 사라지고
다시 술의 날이다
새벽이 오기 전 모두 마시고 잠들리라
하얀 캔버스도 내 옆에 누워 잠들어 맑게 깨어나리라.

○

한 편의 글 한 점의 그림

내가 살면서 한 편의 글이라도 적은 때가 있는가?

내가 살면서 한 점의 그림이라도 그린 적 있는가?

어느 날 그러했는지 모른다.

모든 허상을 걷어내고 눈을 뜨니 진정,

단 한 편도 단 한 점도 없구나.

그대여

그대는 그대의 영혼에 무엇을 새기었는가.

불편한 진실은 불편한 생은

나에게 이야기한다.

단 한 편의 글 단 한 점의 그림이라도 이룬다면

그대는 예술가가 되리라 그렇게 불리리라.

한편의 마음이 말한다….

예술가의 이름은 한 편의 글 한 점의 그림 뒤에 존재함을

순간, 펜과 붓을 꺾는다. 버린다. 흩어진다.

○

향수

긴 잠에서 깨어나 여백의 선을 본다
낡고 비틀어졌지만 세월의 흔적 아름답다
나이가 든다는 건 여백의 선과 동일함으로
잊지 말고 늙음에 대한 선을 꼭꼭 숨겨두자
다른 사람들이 알아주지 않아도 분명,
당신의 낡아가는 선은 아름다움을 넘어 웃음도
함께 하는 멋진 것이라 믿으니 자연스레 열리는
새하얀 공간의 선하나 남겨놓자.

○

혁명의 깃발은 찢어졌다

나는 모른다 그들을
그들도 나를 모른다
생의 한가운데서 딱 마주칠 우리들은
서로의 시선을 피하며 숨어 들어간다
지하방
어둠은 인간을 삼키고 악은 혁명을 발가벗겼다
나는 모른다
그들의 이름을
생명 그 찬란한 빛을 둥글게 모여 서로 없애는
그 시절의 이 시절의 먼 시절의 혁명은
나는 모른다.

○

아베 마리아

길 위 추운 겨울 외투를 입고 나갑니다
언제나 함께하심에 고마워하며 힘을 냅니다
아베 마리아
인간의 시간은 너무나 길고 천사의 시간은 너무나 짧기에
잠시 날개를 벗어두었지요
아베 마리아
빈손의 빈자들을 돌보소서 그들의 허기가 달래지도록
갈 곳 잃은 자들의 눈빛에 따스한 빛을 주소서
아베 마리아
우리들은 모두가 천사였음을 잊지 말고 서로를 안아주는
마음과 마음이 고통 없이 기도를 드리기를 원하오니
아베 마리아
한 번의 통곡 한 번의 기절 한 번의 깨어남에
사랑의 발걸음하시어 부드럽게 이마와 입술에 성수를 뿌려주
소서
아베 마리아

○

적멸의 오늘 0

마음으로 풍경을 담고,
인간의 눈으로 정신을 재우며
잊어버린 많은 것에
솔직히 이루어지지 않는
밝음과의 신비로운 교감에
상실된 어제를 섞는다.
무엇을 위하여 사는가?
질문에 답하기보다 삶으로
인생을 쪼개어 이마를
쓸어 호흡을 최대한 담는다.

○

집이란 정착을 목적하지 않아도
'3'

언덕 위 한남동 서울에서
집은 나에게 예술실이며
순간순간을 집중하게 하며
치유의 하루에 고마움을
가지게 하는 장소이다.
누군가는 개발을 누군가는
단지 추억하는 놀이터이지만
시대를 건너온 이들에게는
진심으로 녹아내는, 이방인들의
삶의 인생 학습장이며 공간이다.
공간은 이웃들의 숨결이 어루어내는
그러한 곳 소중한 곳 쉼터 그리고….

○

내가 그리는 얼굴은

'7'

얼굴은 얼굴의 각도 혹은
자아내는 분위기로 다름을
처음으로 드러내지만 얼굴은
한 인간이 목적하지 아니하여
다른 듯 틀린 듯한 곳곳에서
닮은 하루를 어제를 내일을
살아가며 얼굴을 비춘다.
모독과 모욕 따위는 삼켜진
자아의 자궁에 습하여
스며드니 성별은 어느새 없다.

알렉산더 본 훔볼트 / 정신의 꿈의 생각의, 인생에서 진실된 친
구인 그와 2016년 봄에 베를린 훔볼트 병원(대학)을 퇴원하고
서로의 캠페인으로 각자의 오솔길로 헤어진 후, 오늘 그를 주한
독일문화원에서 반갑게 다시 만났다. 앞으로는 나의 캠페인으
로 몇 년을 살아야 한다.

어떤 캠페인이든 오래 지속이 가능하고 침묵하며 쉼표를 길게 늘일 때는 무엇이 처음의 기본이었는지에 대해서 잃지 말아야 한다.

○

새벽

'19'

다음을 위해서 잠시
잠깐이라도 스스로에게서
쉼을, 쉼표와 약간의
따옴표를 줄 이유가
충분히 있다.
그치지 않는 번개와
소리와 비가 내리며
울리는 새벽 이 속에
스미는 생각을 멈춰….

○

#ㄱ부터_ㅎ까지_바로_생각난_
전공_용어를_적어보자

ㄱ : 그림과 글 쓰는

ㄴ : 너풀거리는 꽃

ㄷ : 다른 것과 같은 것 사이

ㄹ : 로미오와 줄리엣의 관계

ㅁ : 명제와 모호함

ㅂ : 바닷속 생명체들과 나

ㅅ : 소수 분자 우주

ㅇ : 영원과 종교

ㅈ : 자생과 지속 가능한 지구

ㅊ : 채색과 색채 형태

ㅋ : 코마 상태의 뇌 형질

ㅌ : 토양의 질량과 부피

ㅍ : 표현적인 미술과 표피적인 미술

ㅎ : 해학과 해악 그리고 홀로그래픽

생명이 마치 존재하지 않는 듯

상대방이 유령처럼 그저,

자신과는 아무런 관계가

형성되지 않는 그러한, 할,

사물로 인지한다면

그대로 두었으면 한다.

당신은 어떠한 상황에서도

뼈와 살 그리고 피로 이루어진

생명체로 긴밀히 우리와 함께하니.

탄광 노동자나 조각가의 손으로 평면의 그림을 바라보며, 어떤 형태를 채굴해서 표현을 이끌어낼까?! 할 때 식사는 거의 하지 않고 나의 시각이라는 손으로 먼저 인사를 건넨다.

개인은 홀로 남겨져서 이리저리 이곳저곳에서 허구의 연대를 제안받으며, 한 생이 흩어지는 지점에 고독하게 소리가 사라진 풍광에 묻혀 음률을 내재한 자기로부터 음을 구슬프게 토해낸다.

36 : 06. 23. 01. 2021 등작 燈酌 Dungzak Cestlavie

○

자연이 없다면 분명 죽으리라

빌딩들과 첨단시설이라고 부르는 대도시에 살아도
자연이 없다면 분명 죽으리라. 그대도 나도.
공기가 없다면, 물이 없다면, 음식이 없다면
인간으로서는 살 수 없으니, 무서움 없는
도시인들이여, 자연이 상상할 수 없을 정도로
엄격하며 신중하게 보고 있으며 폭발할 시점을
마련했음을 잊지 마라;
좋아하는 음료를 마시며 생각하라 생각해야 한다
생각이 멈추면 죽음과 똑같은 것이니
우리라는 말 함부로 쓰면 안 되지만
우리들이여. 자연을 두려워하며 자연이
정복되는 대상이 아닌 친구임을 상기하자
이 밤, 이 여름 안녕하시기를!

06. 06. 2018 등작 燈酌 Dungzak Cestlavie

○

예술을 열고 해양 에너지에게 묻다

나는 그 사람이었습니다

네덜란드 암스테르담 스키폴 공항에 주차된 자전거의
주인이 나입니다. 프랑스 파리 예술의 다리에서
늘 함께하던 사람이 저였습니다.
독일 베를린 시청에 그림을 들고 가서 선물하고
조선 민주주의 인민공화국 베를린 대사관에 그림을 선물한
이가 바로 접니다. 폴란드 바르샤바에서
마스터라 불리며 국립의료원에 입원해 있던 사람이
저였습니다….
나는 그 사람이었습니다.
중국 베이징의 하늘이 쾌청할 때 중국 레스토랑서
요리와 맥주들로 홀로 즐기던 이가 바로 접니다.
모스크바, 러시아에서 추위를 느껴보던 사람이 저였습니다.
이런저런 곳에 있던 나는 그 사람이었습니다.
수레바퀴 돌던 호찌민시, 베트남의 그 사람도.

○

해양 에너지 사업가

폴란드 바르샤바 법정에서 해양 에너지 사업가로
선서할 때, 과거의 행적들이 줄줄이 흘러내렸다.
나의 그림들은, 시들은, 예술들은 그럼 모두가
해양 에너지와 결합하는 것인가? 싶었다.
태양 에너지도 아니고, 이후 알고 보니 최신의, 최신인
해양 에너지 비즈니스맨으로서 공식 인증된 유럽에서
다시 어떠한 일을 벌일 생각은 없어졌다.
해양이란 무엇인가? 그곳의 에너지는 무엇일까?
일단 내가 알아야지만 사업을 할 수 있으니
공부하며 기다려야지 하고 생각하다 보면,
예술이 해양 에너지와 밀접하다는 걸 직감한다
해양 에너지 사업가로 다시 태어났어도 2년을 그냥 보낸 듯하여
부끄럽지만, 힘을 모아 일어서야 하리라. 일어서리.
예술과 예술의 밖에서 일어날 에피소드들이
밝고 건강하기를 바라오니, 그러하기를….

Episode 2

○

서울대의 밤

봉쥬르 담배 한 개비 빌릴 수 있나요?
프랑스인 여성과 남성이 서울대 지구과학관 앞
벤치에서 활짝 웃으며 물론이죠! 라며
오롯한 담배 한 개비 건네주어 함께 피웠다.
그 두 사람도 알고 있고 나도 알고 있는 건
나의 뇌를 약간 흔들면 프랑스어로 대화도
가능하다는 것이다. 빛이 어여쁘고 삶이
불가능 없던 20대 후반의 프랑스 파리의
시간들이 엄습하며 고이고이 추억들을 맑은 시각들에게만
보내었다. 나를 미쳤다고 해도 그건 사실을
약간 왜곡한 진실이기에 굿바이에
외국인들과의 유쾌한 웃음은 그대로 나에게
실려 멈춤을 일깨운다.

○

에너지에 집중하라

태양 에너지, 석유 에너지, 풍력 에너지, 원자력 에너지,
천연가스 에너지, 해양 에너지 등등에 집중해서 보면 나는
해양 에너지에 집약된 인간이다. 독일 베를린 한 카페에는
에너지를 민감하게 느끼는 이들이 오고 간다.
그곳에서 여러 번 보여준 나의 에너지 등급이 너무나 달라서
결국은 그만 출입하게 되었었다. 솔직한 이들이여라고 쓰며
그들에게 건방진 이들은 무식한 짐승들이다라고 느낀다.
에너지에 집중한 삶은 인체와 정신 그리고 영혼의 에너지가
얼마나 긴밀하게 연결되어 있는지 잘 안다.
우리들은 알고 있다. 당신이 오기를, 언제 오는가를.
무서움에 벌벌 떨 인간들이 많지만
염려치 마라. 그는 사랑의 에너지를 지닌 신이니
부디, 부디, 부디, 건방치 마라. 에너지에 집중하라. 스스로의.

○

회전하는 뇌, 두 발은 묶였지만

뇌의 회전율이 일반인의 몇 배가 넘친다
세계 최고의 고 효율도의 뇌일지도.
그러나 두 발은 묶여 움직이지 못한다.
뇌는 용솟음치고 움직여라 하지만 현재는
움직일 수 없으니 인생만 고달프다
당신도 곤경에 처해 있다면 대화로 함께 풀자
뇌가 현란한 화면을 보여주며 미래를 보여주지만
육체는 견디고 견뎌서 폐쇄된 공간에서 있어야 한다
철부지도 아닌 성인이 된 지 오래인데 이젠,
끊어버리고 싶다. 구속된 삶을, 구속된 지금을
뇌는 멈추길 원하는 약물에 병들어 시들거리지만
오히려 생존하고자 회전이 너무나 빠르게
진행 중이다. 생존하고자 하는 나의 뇌,
당신의 뇌는 죽어 있고 두 발만 자유로울 수 있으니
아이러니한 시간들이다. 시간들. 시간들.

○

다시 부처를 죽이다

도량석 맑음에 은하수 빛들이 별빛들로
가득할 때 부처를 죽였다
내려가라 내려가리라 : 부처는 말했고 내려왔다
부처가 인생에서 다독이는 바라봄에 생명을 주는
행위들을 그치며 이제 또 한 번 다시 부처를 죽인다
안녕히 가세요. 안의 부처여
안녕하세요. 밖의 부처여
이제 다시는 부처를 죽이지 않게
도량석 단단하게 채우며 마음을 닫는다.

○

법과 규범 사이에는

법의 하위법, 상위법에서 규범이 어떤 역할을 할까?

법은 무자비함을 가지고 규범을 깔아서 힘을 행사한다

법은 힘 있는 자의 것일 때가 더욱 많으며

법은 살고자 하는 이를 살게 하지 않으며

법은 죽으려고 하는 이를 살해한다

이것은 내가 느낀 것이다

규범은 법의 효력을 발휘하나 실상은 법이 아니다

법과 규범 사이에 웃고 우는 이들의 삶에

응원의 박수를 보내며 응원의 눈길 보낸다

법에 속고 규범에 속박당하는 이들이여

반항하라. 그것도 깨끗하게 반응하며 반항하라.

○

내 마음의 바다, 바닷가

해운대, 내 마음의 바다, 바닷가여
일본 해협, 대한 해협 내 어릴 적 바다
내 마음의 바다 이름이 있을까?
혹, 당신의 마음에 담긴 바다나 바닷가는?
아이슬란드 오로라의 얼음빛 달 뜬다.
당신이 나의 바다에 온다면
내가 당신의 바닷가에 간다면
그 얼마나 행복할까? 즐거울지 모른다.
인간 개개인의 각자가 품은 바다, 바닷가에
우리들은 무엇을 담고 무엇을 버려야 할까?
내 마음의 바다, 내 마음의 바닷가여.

○

무서워서 피하지 않음에

무서워서가 아니다, 이젠 무거워서이다

60kg의 짐을 지고 다닐 때도 있었으나

그런 짐들이 아니다. 무서움의 무게는 오래전부터

그리 크게 느끼지 않았지만 이젠 무겁다. 너무도.

무서움의 무게를 덜어내려고 한다.

덜어낸다. 덜어낸다. 덜어내었다. 덜어버렸다.

0 gram이다.

이 삶에서 무서워서라는 말은 통용되지 않으리라.

그러함을 믿는다. 진정 믿는다.

○

마음

서울의 밤하늘의 별빛들로 시력 교정을 했다. 점점 보이는 것은 많아지고 정신은 교란 상태이다. 내 탓으로 돌리는 과거에 맞서 현재는 비교적 색채를 입어가고 있다. 그렇다면 미래는? 미래에 대해서는 입을 닫는다. 별빛 차가운 여름밤이다.

○

펜 하나 노트 한 권 그리고 나

화면을 채운다. 펜 한 개 노트 한 권 그리고 나로서
이 노트의 주인은 나였다가 모두 채워지면 더 이상,
나의 것이 아니라네. 그것까지만 말하지
어제는 유화로 그리는 그림들 안에서 살다가
오늘은 펜에 힘을 실어 노트 한 권을 채운다네
예술가, 함부로 나에게 예술가 따위라고 말하지는 말게
나의 작품들이 압도하는 공간에서는 비루한 인간들은
호흡조차 못 한다네. 그건 사실이지.

○

상대에게 집중하라, 믿음을 가지고

경시되고 어두운 이들에게 주어라, 집중력을.
믿음을 가지고 밑바닥에서 살아가는 이들에게
웃음을 주는 건 그들만의 언어와 인생에서
나오는 것이니, 그들에게 맡기고 눈물을 흘려내는
모습들에 상대들에게 집중하라.
그들의 모든 고통과 눈물을 거둘 수는 없을지라도
심장의 원활한 움직임과 뇌를 일깨워
그들도 사람임을 그들도 인간임을 알게 해주리라.
나도 몰랐다. 눈빛이 가진 다양한 힘을
나의 에너지를 모아서 모두 소진할 때도 많았음을
그럼에도 상대에게 집중하리라. 믿음을 가지고.

○

신과의 약속

폴란드 바르샤바 비밀의 숲에서 죽음을 이루어 나가던 짧고 강력하던 힘의 균형에서

커다란 붉은 보름달을 외면하며, 푸른 눈 검은 말을 타고 앞으로 나아갈 무렵,

생명들은 슬프지 않게 사라지고 있었다. 공간의 피들이 사방으로 튀며

나에게 그 색색의 피를 뒤집어쓰라며 짐승의 숫자를 새기려고 했지만,

예수 그를 만났다. 그를 나의 신으로 인정하기까지 나의 온 생애는

고통이 기쁨보다 훨씬 크게 마음에 늘 자리 잡고 있었으나, 인간,
그 이름에 시간여행을 일삼으며 버텼었다.

예수는 미래를 보여주지 않으며 단지 그때 숲의 앞길에 등불 하나만

놓으며 나를 위해 기도해 주었다. 아는 것은 아는 것이다.
결정은 기록적인 에너지들의 소비 끝에서 나왔다.
2042년, 다만 그때까지만 지구에 남으며 그 이후 사라지기로
예수와 약속하며 한 단락을 기어이 마무리 지었었다.

그가 신이 아니라는 이들이 있지만 나에게는 예수가 곧 신이다.
절대적인 지구의 신으로서 한 여성을 나에게 보내준 그와의
구체적인 약속은 두뇌보다 영혼의 한 공적인 공간에 숨겨놓았다.
기도는 기도함에 있어 신성시되는 것들을 물리치고 바른 시간을
맞잡아 함께 이루어 나감에 있다. 자신을 신과 격을 함께하는 건
정신병적 망상이며, 신은 결단코 사악함과는 정반대이다. 평화는
평화를 원하는 이들에게 함께하며 지옥은 지옥으로 인해서 이
루는
쾌락을 원하는 이들과 함께한다.

○

등작 燈酌 빛 연구실

Dungzak Cestlavie light laboratory 43

인간의 정신에서 나오는 빛의 속도를 측정할 방법은 있을 것이다. 다만 각 인간마다의 정신을 형성하는 근본이 되는 '시간의 축적과 기억의 축적의 양방향'이 다르기 때문에 일반적인 측정의 수치에 대해서는 관심을 둘 이유가 없다.

사회적 약속이라는 것은 시민들에게서 나오지 않으며 그 시민들을 통제하는 정부에서 일방적으로 '통보하는 형식의 약속'을 전제한다.

평등으로서의 양식을 표기하는 방법으로 적합한 것은 '나'를 중심적 사고에서 제외한 후 타인들에게서 이루어지는 평등이라고 일컫는 행동을 관찰한 기록을 서술하며, 평등에 이르는 관계로서의 주체에서 인간을 완전하게 소외한 방향을 가지고 바라보는 '생명체들 간의 평등'을 기초로 한 양식으로 표기하기를 권한다.

이해하지 못한다고 말하는 지점이 향하는 곳에는 이해로 인해서 얽히고설킨 '사회인간'으로서의 자신이 존재하고 있다.

패션은 먼저 상대방이 자신을 어떻게 바라볼까? 는 시선에서의 의식이 우선되기도 하지만 패션은 자신을 자신에게 먼저 기쁘게 돋보이는 필요성을 띈다.

빛의 입자에 색의 입자를 견고하게 압착시켜 방향성(추진) 입자로 Holy Sprit을 적용시키는 연구가 활발하게 일어나기를 희망한다.

정치에 의한 노예, 사회 시사에 의한 노예, 경제(돈)에 의한 노예, 권위에 의한 노예를 자처하는 노예 문서를 영구 말소하는 방법은 '관심이라고 표하던 광적인 집착에서 나오던 입장'을 정리하는 것이 첫 번째이다. / 종속되어지고 종속되기를 원하며 종속하는 대상에 의한 노예인간은 사실상 자신이 속한 국가의 영토를 벗어날 방법을 찾기가 어렵다. 앞으로는 더욱 그러할 것이다.

고전적 방식에서의 접근이 불가능한 학문이 미래에는 더욱 거세게 일어날 것이다. / 경제의 시스템을 지탱하던 산업으로서의 효용 가치를 가진 분야들의 기반을 이루던 '기초 구조'가 상실되면 다음 순서로서의 '대체 구조'가 계속해서 나오리라는 것을 이제는 장담할 수 없는 시대이다.

그 어떠한 것도 보고 싶지 않다. 단지 아기들과 아이들이 일어설, 딛고 설 '인생 무대'가 밝기를, 기쁨이 함께하기를, 사랑이 더욱 견고하게 보호하기를 바란다.

59 : 15. 11. 08. 2016 등작 燈酌 Dungzak Cestlavie

○
우주에 관한 연구 1

숫자는 01234567890으로 빛에 닿았다가 분열하며 사라진다. 생명의 비밀은 어느 한 사람의 전유물이 아니라 모든 생명체가 고유하게 읽을 수 있고 알고 있는 것이다. 태초에 색채가 어둠에서 나온 것은 누구의 뜻이 아니라 자유의지에 따른 시간의 역행을 막는 현재의 고정된 추에 의한 것이다. 과학의 힘으로 우주를 느낀다는 것은 무척이나 어리석은 생각이라고 말하는 건 본래의 힘이라는 근원은 어떤 물질에 의한 현상이 아니라 흔히들 말하는 정신과 영혼의 파장을 담은 육체가 잠에서 깨어 행위할 때와 혹은 잠에 들어가서 스스로도 알 수 없는 기이하고 오래된 주파수를 조정하며 계속해서 쏘아 올리는데 기인한다. 지구를 제외하고 우주의 생명체와 교신을 하는 방법을 찾는 것보다 우선 해야 할 것은 지구의 움트이고 깊이 호흡되는 순간의 아름다움에 묵도하고 이해라는 의식체를 버리고 순수하게 함께 교합하는 것이다. 무수히 많은 정신파들의 농담이나 거짓이나 가짜 발현체는 실상은 교란 전파로 생명체가 우주와 화합하여 지속적이고 직선적인 파열음을 내지 못하게 한다. 그것을 악마의 교란술이라고 명명할 수 있으나 극단의 선과 극단의 악은 맞물리는 성향이 있기 때문에 실상은 저급하고 비열한 수단의 결과물들이 악의 성질을 이해하지도 못하고 다만 스스로가 저열한 하급 악마가 되어 날뛰는 것에 지나지 않는다. 머지않아 걸러지고 사라질 운명의 그들은 매일 하나님에 대한 기도를 올린다며 악질적이고도 사악한 기운을 퍼트리고 나아가지만 단순히 계산을 해도 악은 악의 이름으로 불태워지리라는 것에 도달되므로 안녕을 고한다. 그리고 우주의 신비라고 하는 것의 진정한 빛은 지상의 누구도 보지 못했다. 다만 억측으로 발달된 기술로 재현을 하지만 우주의 생명체는 그것을 극도로 피곤해하며 바라보고 있다. 인간에게 학습된 논리와 연구 기법은 어느 면에서는 긍정적인 부분을 볼 수 있게 하지만 어느 면에서는 오히려 별의 흔적을 따라서 도달해야 할 임무를 망각하게 하는 요소가 강하다. 부정은 부정을 낳지 않고 때로는 과감하게 잘라내는 수술은 치유에 닿는다.

○

등작 燈酌 빛 연구실
Dungzak Cestlavie light laboratory 42

항거를 함이 자유롭고자 하는 이유에서 비롯되었다면 어떠한 입장에서 있더라도 들어야 할 의무를 지니게 된다.

언어로 지식을 습득할 수 있으나 지혜는 매개체로서 언어를 가지고 습득하기 어렵다.

당신이 지금 딛고 있는 자리가 당신의 노력으로 인해서 이루어졌다고 해도 그 자리를 이루는 건 오히려 당신을 오롯이 제외한 타인들일지도 모른다.

빛은 위대하거나 거룩함의 성질을 비켜선다. 빛이 오고 빛이 갈 때 빛의 마음은 스스럼이 없다. 이 빛은 태양에 의한 빛만을 두고 말하는 것이 아니다.

정신의 발자취는 기록에 의해서 남기도 하고 음성으로 전해지기도 한다. 정신의 향기는 맡는 이들마다 다른 냄새를 맡으며 각자 맡은 향기로 인해 정신의 고양에 다다르는 데 도움을 받는다.

물질문명을 거역하는 것을 마다하지 않는 자를 무엇이라고 부르는지 생각이 나질 않는다.

음의 체계를 세운 음악가들이 있었지만 그 음의 체계를 새롭게 생성하는 음악가의 음악을 듣고 싶다. 연주자들의 연주에서 기교, 습관, 연주하는 곡에 대한 이해와 해석, 연주자 본인의 감성, soul, holy sprit, 건강 상태에 따른 변화 등등을 염두에 두고 들어도 열거한 모든 것을 극복했다고 해도 음의 체계(체재)를 넘어서는 용기를 가진 연주자로서의 음악가는 아직은 알 수가 없다. 언젠가는 만나리라는 희망이라는 빛은 찰랑이며 인다.

지능의 척도를 재는 테스트가 정확성을 가지고 이루어진다고 해도 그 지능을 활용하기 위한 사회 시스템에 맞춰진 지능 테스트는 신뢰할 이유를 찾지 못한다.

구조 개혁, 혁명, 창의, 창조, 감성, 발전, 혁신, 개발 등의 단어를 어떻게 쓰는가에 따라서 다르게 받아지겠지만 의미 없는 낱말의 조합이 주는 불쾌감이 인간의 의식에 좋지 않은 영향을 주는 것은 사실이다.

색을 인지하는 능력은 뇌의 활발한 전기적 폭발력과 연관이 있다. 이것을 자주 목격하는 것은 아기들의 눈에서 충만한 색의 반사, 흡수량에 담긴 빛의 광활한 양에서 본다.

충분한 잠은 충분한 쉼을 가지는 것과 함께 뇌의 용량을 확장할 근거를 가졌다고 해석된다.

그들이 나와 같지 않다고 미워하지 않음은 그들은 내가 아니기 때문이다.

05 : 12. 10. 08. 2016 등작 燈酌 Dungzak Cestlavie

오래전 네덜란드 암스테르담에서 살 때 Amsterdam Bos 라는 숲에서 텐트를 치고 무척이나 즐겁게 밤에는 촛불을 켜고 그림들을 그렸었다. 자전거로 한 시간 거리의 약수터에서 물을 떠다 마시고 역시 한 시간 남짓한 거리의 빵집에서 하루에 팔다 남은 대단한 양의 빵들을 내다 놓으면 가져다 먹으며 지냈었다. 축복의 와인은 암스테르담 중앙역 근처에 위치한 50년 넘은 갤러리 Linka의 주인인 유대인 마담에게서 기쁘게 대접을 받았었다. 그 마담의 나이가 80세가 넘었지만 시시콜콜한 여러 이야기들을 나누며 처음으로 유대인과의 좋은 교류로 기억된다. 이 추억을 왜 펼치냐면 몇 년 전 베를린의 유대인 구역에서 나를 적으로 보는 세력에 구속되어 쉬운 말로 기와 뇌 에너지 싸움을 했었던 때를 말하고 싶어서이다. 결국은 나의 첫 패배로 기록되었지만 그들도 나도 진정한 서로의 가치를 몰랐기에 벌린 꽤 큰 규모의 영적 전투였었다. 이후 폴란드 바르샤바 법정에서 깔끔하게 기록되고 판결난 것은 유대인들과 나는 적이 아니라 공통

분모를 공유하며 해야 할 친구라는 것이었다. 글을 쓰다 보니
입가에 미소도 지어지지만 그때의 에피소드는 실재했던 전쟁
으로 나에게는 남아 있다.

○

등작 燈酌 빛 연구실
Dungzak Cestlavie light laboratory 41

　생명이 태어나면 그 생명을 돌보며 존재함으로써 일어서는 방법을 알려주는 것은 인간의 세계에서 부모라고 일반적으로 부르며 아기를 성장시키는 것은 그 아기를 둘러싼 가족, 이웃, 사회 등이다. 구분하는 습관과 구분되어지는 것에 대한 편견과 확정, 확답을 이루는 교육으로 아이들이 자라나는 것에 대해서 말을 하고 싶지 않다.

　교육을 담당하는 교사로서의 역할이 어디에서 시작되고 어디로 끝을 맺을지는 각각의 교사들 본인의 선택이지만 교육자로서의 역할을 중점적으로 제어하고 일률적 시스템화시키는 것은 국가이다. 국가에서 사업성을 노리고 이루고 싶어서 관철하는 교육은 어떠한 이름을 갖다 붙여도 사업으로서의 교육이지 교육을 하기 위해서 필요한 사업이 아니다.

　빛의 수를 개념화를 배제하고 실현되는 수치화를 시키는 연구를 하는 것에 필요한 것은 인공지능도 아니며, 물리학의 공식도 개입할 수 없다. 빛의 수는 회전의 속도를 따라가지 못하는 태양의 광량 회전율과 연구가의 두 눈이 접점을 찾는 과정에서의 합치일점(그늘)이며 그것은 뇌에서 일어나는 에너지의 폭발적인 팽창으로도 감당할 수 없다. 그러기에 연구자는 진정한 의미에서의 동료로 볼 수 있는 인간 이상이 되는 생명체의 감성, 감각을 지닌 기계를 찾는다.

인간의 목소리가 주는 피로감에서 헤어날 수 없다면 치료제의 역할은 음악이 준다. 그 음악을 클래식이라고 부른다.

권력을 향하는 욕망을 권력자로 실현하는 것을 보면 그 권력을 가지기 위해서 행한 악함에서 자유로운 권력자를 아직 보지 못했다.

힘이 인간을 안락하게 하는 것보다 힘이 인간들을 구속하여 부자유함에 놓이게 하는 걸 목격한다.

정신의학에서 구분하여 표기하는 정신병은 병명이 같더라도 각 환자들의 증상이 모두 다르다. / 예술가라고 하는 사람들이 표현하는 주관적 개념으로서 상식이라는 것이 얼마나 때로는 무지에서 나오는지 보면 할 말을 잃기보다 원래 그러한 이들을 예술가로 부른다며 동의를 해버릴 때가 많다.

상식은 그 상식이 통용되는 사회에서나 상식이다.

32 : 14. 09. 08. 2016 등작 燈酌 Dungzak Cestlavie

나의 필살기 그림들은 나의 모든 그림들이다. 모든 그림을 평등하게 나는 모든 힘을 바쳤다.

○

등작 燈酌 빛 연구실
Dungzak Cestlavie light laboratory 40

자신의 영혼에서 나오는 목소리가 아니라면 타인의 목소리는 직접적인 영향을 본인에게 주는 것이 아니다. 인간과 인간이 만나서 일으키는 정직한 울림으로서의 대화는 그것만이 일으킬 수 있는 정신의 빛을 더욱 밝혀준다.

지적 생명체가 지구 안에서도 인간 말고도 존재하리라는 확실성을 증폭시키는 이야기들은 많다. 생각의 회로를 구성하는 체계가 다른 외계의 생명체들은 숫자를 셀 수 없을지도 모른다. 고도의 지능을 가진 인간을 통제하는 것은 인간의 사회이지 지구와 상관없는 그들이 아니다.

상징체계의 이해를 돕는 지식 물로서의 저서들은 많다. 그 상징체계를 이용을 하든지 활용을 하든지 그것은 당신의 선택이다. 다만, 경고하는 것은 상징으로서 세워진 건축물들이나 만들어진 공예품들이나 지형물들은 그 목적하는 바가 선의로서의 입장을 완전하게 배제한 것이기에 원하는 바대로, 목적하는 대로 이루지 못하리라.

예술, 예술가가 자신만의 입장으로 이루고 싶은 것에 '함께하는 가치'가 존립할 이유가 있는지 묻는다.

자본주의를 천박, 저질, 천민 등의 단어로 대입하는 입장을 이해의 폭에서 할 수 있으나 그 자본주의는 타의에 의한 합의에 의했다고 해도 약속으로서의 사회를 구성하는 기본 경제 시스템이다. 지구 상의 어느 경제 시스템도 기능의 목적을 "인간을 위한, 인간을 향한, 인간을 돌보는 것을 하지 않는다."

여행이 주는 유익함은 각자가 다르게 받아드리고 틀리게 입장을 표명한다. 모두가 공동의 경험을 해야 한다고 주입하며 함께 가는 여행이라고 해도 목적한 공동의 경험은 무의미함에 가까워진다. 당신이 자라고 당신이 살고 있는 국적의 국경을 넘어서 이루는 건 여행이라고 부르기보다 "당신이 보고자 하는 것을 이루어도 느낌에 더해지는 것은, 당신을 항상 감싸던 보호적 입장이라고 표명하던 국가이외의 다른 국가가 주는 무엇이다. 그것을 당신이 무엇이라고 부를지는 당신의 선택에 의해서 이루어진다."

언어가 중요한 것은 현재 나와 있는 모든 지식으로서의 책들을 해석하고 분석하게 해주기 때문이다. 나로서는 빛을 연구하는 연구가의 입장으로 보자면 '언어'가 가장 중요한 연구의 도구이다.

빛의 행성에 착륙하는 주파장으로서의 역할은 뇌에서 일으키는 수면 파장에서 도출된 에너지도 아니었고, 정신 파동의 단파들을 모아서 위성들의 주파수와 맞춘 것도 아니었다. 인간이 잠에 의한 꿈이라고 부르는 것으로부터 주어진 선물이다.

12 : 15. 08. 08. 2016 등작 燈酌 Dungzak Cestlavie

○

천사와 악마

　천사와 악마가 친구였고 연인이었을 무렵,

　세상은 아름다움과 추상적인 더러움을 알지 못했다. 신이 부재 중이던 고대엔 동물들은 이름들이 없었고 대화보다 눈웃음이 먼저였다. 함께함에 불안정한 기류가 없던 시절의 소리들은 부드러움과 기분 좋은 달콤함이 가득했었다. 과거와 현대 그리고 미래가 혼합된 공기가 가득했던 지상의 하루가 영원이었던 시절, 누구나 서로를 예쁘게 기억하면서 살았다. 악마와 천사의 결혼 이후 지구는 그이들의 관심 밖이었고 온통 인간이라 주장하는 소리들만이 소란스럽게 울려 퍼지며 멀리멀리 메아리 울음통으로 가득하게 커졌다.

　과거를 거슬러 한두 살, 세 살 정도의 아이일 때 의식의 안과 밖이 모조리 우주에 있었던 것 같다. 그때 말을 한 기억은 없다. 블랙홀에 자주 머물렀을 무렵은 6살 때가 아닌가 싶다. 매일 먹물을 갈아 서예를 하던 그때에도 말을 거의 하지 않았다. 오히려 9살 무렵 빠짐없이 시를 쓰며 한글의 단순하며 정갈한 묘미를 혼자서 쾌락하며 즐길 때 미래에 대한 생각은 전혀 가질 수 없었다. 내 의식의 구조가 Blue Cosmos라고 명명한 곳과 동일하다는 느낌을 가지며 참 많은 말을 20세가 넘어서 쏟아냈었다. / 열여섯 살부터 디자인 색채를 전문적으로 학원을 통해서 배우며 그림을 시작하면서 사실 시가 더욱 좋았고 그림은 한 여성을 만나고 헤어지면서 결정내린 나로서는 최선의, 미래를 향한 첫 도전이었다. 그때엔 데이트할 비용을 미술재료로 모두 소진하며 여자 친구를 사귀지 않았었다. 이후 그 어떤 시절보다 안정적인 멘탈을 유지하며 뇌를 위한 요양을 하고 있다. / 뇌의 움직임이 일반인의 몇십 배로 뛰며 활동을 할 때엔 하루에 일이십 분 정도 잠을 잤다. 어떨 땐 한 달간 잠을 잊고 일하기도 했었지만 뇌의 과부하가 온 적은 없었고 정신과 육체의 부조화로 인한 고통은 참 컸다. 많은 일들을 동시에 진행하면서 결과물들을 얻기 위한 과정들이었다고 스스로가 이해하기까지 작지 않은 여러 희생들이 있었고 우주와의 의식적인 대화단절을 위해 노력했었다. 하고 있다. / 영국의 Classic FM을 자주 들으면서 귀에 익숙한, 했던, 한 것 같은 음악들이 차원의 변화를 살짝 일으키게 하기도 한다. DJ의 짤막한 곡에 대한 이야기는 깊이도 마음에 담아지기도 하고, 변화하고 싶은 열망을 접은 과거들의 에피소드들이 점차 멀어짐을 느끼게 한다. / 무척이나 매력적인 이성들을 만났었다. 영화에서나 나오는 미인들과의 교류들이 나쁘지 않았지만 지속적인 여행 같은 잦은 이사로 인해 헤어짐이 반복적이었다. 사실 마음속엔 그들을 내가 만들고 싶은 영화에 대비시키며 공상하는 것이 더 좋았으니 헤어져도 헤어진 것이라는 생각이 들지 않았었다. 하지만 프랑스권 아이들이 나에게 공손하게 무슈라며 말을 건넬 시점에서 과거의 시나리오들을 잊었다.

아저씨보다 선생님으로 부르는 뉘앙스를 아이들이 건넸기에. / 가족이 있어도 가족이라는 제도적 압박을 싫어하기에 헤어져 있을 때엔 잘 떠올리지 않는다. 개인의 자유분방하며 꿈을 꿀 권리와 이루는 과정에 대해서 관여할 이유가 전혀 없다는 걸 알아가며 응원도 불필요하다는 생각까지 든다. / 몸무게가 59~60kg에서 머물러 있다. 육체의 건강을 위하기보다 뇌의 건강이 더욱 중요하기에 육체를 혹사하지 않고 있다. 건강한 인생이 마냥 오랫동안 유지되며 사는 걸 원치 않는다. 사라질 때는 정교하게 사라지고 싶다. / 우주는 낮보다 밤에 두드러지게 밝다. 별들을 보며 상상하는 힘을 버렸기에 꿈을 이루는 시간들이 극히 드물다. 낮의 빛들이 생동감 넘치게 생동하는 과정이 더욱 선명한 건 지구에 오래 머물렀다는 증거 같다. / 한 시절이 더욱 가깝게, 빠르게 다가온다. 거절할 수 없게 굳은 화석 같은 약속을 했기에 여행자의 삶을 다시 살아야 한다. 그때엔 뇌를 풀가동해야 한다. 두려움조차 없는 건 어릴 때나 지금이나 변함이 없다. 그건 참 애석한 일이다.

○

의왕 청계사의 두꺼비가
나의 삶을 나르고 있다…

이젠 피아노를 연주할 이유도 생각도 사라졌지만 여전한 건 작곡에 대한 스스로의 관심이다. 클래식을 듣는 건 인간의 음악이 주는 선물의 포장을 개봉하지 않고 고이 둠에 있다. 시각 예술이 가지고 싶어 하는 목소리를 가진 음악들에게 고마운 마음을 보낸다. 어쩌면 좋은 그림이란 한 목소리가 아니라 감상자 개개인에게 개별적인 다른 목소리로 노래를 들려주는 데 있지 않나 싶은 조심스러운 견해를 밝힌다.

인간의 목숨이 사라지고 먼지가 되는 일은 실은 참 슬픈 것이다. 소중한 사람의 죽음을 잊으라고 하는 사람의 위로는 실상은 아무런 위안이 되지 못하고 오히려 비수가 되어 꽂힌다. 지금 세계는 많은 죽음이 태초부터 시작되어 진행형이다. 여기에서 생각할 것은 죽지 않아도 될 생떼 같은 목숨들이….

Ocean Energy에 대해서, 유럽연합 EU에서는 폴란드 바르샤바 법정에서 합법적으로 사업을 할 수 있다는 재판 결과가 나왔을 때 나를 변호하기 위해 나온 변호사가 해양 에너지 사업이 얼마나 큰 사업이고 또한 그것보다 더욱 크고 촘촘한 커넥션을 당신이 가지고 있다고 여기는 만큼 나도 당혹스럽기는 마찬가지였었다. / 그동안 해양 에너지에 대한 공부를 하면서 기본적인 틀과 사업의 방향성이 일정 부분 이상 Ocean Energy의 연구자들로 인해 만들어졌다는 걸 알았다. 사실 나에게 Good Businessman이라고 하는 해외의 사업가들과의 만남들에서 비즈니스를 한 적이 없는데 비즈니스를 좋게 마무리 지어서 기쁘다는 말을 들으며 인생이 꼬였다는 생각을 했었다. 광범위한 나에 대한 조사 끝에 Ocean Energy Businessman이라고 재판한 폴란드 바르샤바의 법정을 떠올리면 쇼팽에 이끌러 갔었던 이유와 존재하기에 직업을 구분해 준 그날들의 시간들이 겹쳐서 보다 나은 정신과 뇌를 위한 요즘의 요양이 나쁘지 않다. 다만 죽자 살자 예술로서 그림을 그린 시절을, 나의 취미생활로 이해한 유럽에서의 한때도 이젠 서서히 잊어간다. 오늘처럼 태양의 열기가 숨 막히는 날 쇼팽의 음악을 권하고 싶다.

등작 燈酌 빛 연구실

Dungzak Cestlavie light laboratory 37

암스테르담 거리에서 여성이 시름에 흩어져 영혼을 잃은 모습을 보았을 무렵 그러한 그녀들을 매일 만나는 것을 두고 어둠 안에서 피는 사랑빛을 닮은 예술로 안았다며 자기 위안을 했지만 어떠한 의미에서든, 자신의 삶에서 빗겨나는 일들은 고통이 크다.

사랑을 말하고 섹스를 원한다 해도 그것이 왜 필요한지에 대해서 의문을 갖지 못하면 당신이 부딪히는 사랑 안에서만 모든 것이 일어나고 당신이 쾌락하는 것으로부터 섹스의 운동성만 강조된다.

패션은 극단적인 최상품이거나 최악의 최저품이거나 그 효용성의 가치를 이제는 잃어버렸지만 그것을 사람들이 인지하고 자신의 필요에 의한 패션을 구입하는 행위가 불가함을 알 수 없게 만드는 것이 쉽게 말해서 패션 산업이다.

정신적인 스트레스 원인의 근본적인 제거 작업이 이루어지지 않으면 정신의 스트레스는 장기적인 깊은 잠에 빠지지만 그 잠 속에서 정신적인 스트레스가 깨어나면 한 인간의 의지로써는 감당을

할 수가 없으며 그것은 뛰어난 정신과 의사가 치료할 범위를 한참 넘어선 것이다.

믿음을 논하는 자리에서는 믿음이라고 밝힌 것을 거짓이지는 않는지 집중적으로 논증할 의무가 있다.

수의 체계를 이해하는 것을 높이 평가하지만, 과학의 세계에서는 수의 체계의 범주가 없는 것을 기본바탕으로 인간의 뇌에서 일어나는 에너지가 어떻게 규칙, 변칙적인 행태로 지구와 지구 밖과 연결되는가?를 연구한다.

진실이라고 믿고 싶었던 일이 거짓이었고 거짓이라고 굳게 믿었는데 진실이라고 밝혀져도 그것을 믿었던 본인에게 책임을 물을 이유는 없다. 거짓을 진실로, 진실을 거짓으로 목적을 가지고 행해지는 것들 중에서 선함을 목적하는 것을 나는 본 적이 없다.

23 : 16. 03. 08. 2016 등작 燈酌 Dungzak Cestlavie

예술의 세계는 겉으로는 고상하고 고요해 보이지만 한국을 넘어서서 보면 최소한 0.01퍼센트의 고지를 선점해야 하는 격렬한 무대이다. 그 고지에 올라서면 이미 돌아가신 예를 들어 파블로 피카소 반 고흐 레오나르도 다빈치 같은 분들이 손짓한다. 정말이지 제정신이기가 어려울 지경에 처하면 함께 살아가는

예술가들의 세레나데가 구원의 손길을 내민다. 최소 100년을
버티지 못하는 예술은 사라진다. 구십구 퍼센트 이상의 그림들
이 저서들이 음악이 사라진다. 여기에서 중점은 생각이 밝고 마
음이 맑고 행동이 자유롭게 아름다운 예술가들은 존재하는 것
자체로 오히려 자신들이 뮤즈가 된다는 것이다.

○

등작 燈酌 빛 연구실
Dungzak Cestlavie light laboratory 35

모든 사람들을 생각하며 모든 존재들에게 측은의 마음을 가지고 다가선다는 글과 말은 망상이다.

영화의 편집은 장면들의 현재 시점을 평균율로 해서 드러나게 앞서거나 때론 너무 뒤처지는 시간의 불균형한 흐름을 제어해서 막힘의 균열을 깨트려주는 데 있다.

색채 언어를 연구한다고 해도 실제로 두뇌에서 경험되거나 중첩된 기억망이 제 기능을 하면서 시각적 색채 온도, 색채 명도, 색채 감도, 색채 열역학 등을 제대로 구현해서 결과물을 만들기란 쉽지가 않다. 어쩌면 불가능하기까지 하다. 빛의 반응을 동공에 받아들여서 그 빛의 입자들을 온몸에 전달하는 과정 자체를 생략하고 다만 뇌의 반응체만을 극대화시켜 만들어서 흡수 용체의 뇌와 망막 동공 간의 신경체를 강화시켜 빛의 속도와 동일한 뇌의 흐름을 일으키는 것은 먼저, 현실적 감각이나 현재라고 일컫는 추상성을 잃어버리는 것을 전제로 하기 때문에 스스로에게도 권유하지 않는다.

누군가의 생각이, 누군가의 명상이 일으키는 에너지들이 한 인간의 흐름으로서의 균형을 좋게 만들거나 나쁘게 만든다.

당신의 신이 당신으로부터 나오는 것이 아니라 당신의 신으로부터 당신이 나오는 것이다.

"빛이 있음에 그가 있었다." 이 말은 있는 그대로 해석하자면 빛이 없었으면 그가 없었다는 것이다.

예술의 장르들은 확장되지만 예술의 본질로 생각되는 예술을 이루는 인간으로서의 예술가가 사회에 종속되고 사람들로부터 숨겨지며 삶의 진실로부터 자신을 분리한다면 그 예술가의 예술에 대해서 언급할 이유도 사라지며 관심의 에너지를 보내는 것도 저절로 멈추게 된다.

노동이 땀으로만 이루어진다고 믿는 환상은 자본주의가 가진 시스템의 지탱을 노동자들이 하고 있다고 변함없이 믿게 만든다.

창조, 창의, 창작이라는 고루한 단어를 내세우는 그 이면에는 기초적인 지식의 부재를 드러내며 그것을 만회하려는 의도가 충만하다.

59 : 00. 02. 08. 2016 등작 燈酌 Dungzak Cestlavie

○

등작 燈酌 빛 연구실
Dungzak Cestlavie light laboratory 34

시스템이 잘못된 사회에서는 노동의 가치가 성립될 조건을 가지지 못하며 언제나 유보된 상태에서 머문다. 세계의 어느 곳이나 똑같다는 생각이 지배적인 구조로 언급되거나, 세계의 어느 곳은 훌륭한 시스템에 의해서 보다 넓은 의미로서의 삶을 이룰 수 있다며 언급되는 것은 허구적인 소설의 단편으로 읽힌다. 단지 그뿐이다.

인간이 여행을 가면 그 여행지의 한 그림자가 되고 또한 한 태양이 된다.

동공이 멀어도 존재하는 것들로부터 이루어지는 에너지들은 싫고 좋음으로 구분되는 일차적인 성향을 벗어나면 걸러내야 할 것은 걸러지고 흡수해야 할 것은 필사적으로 반응하며 이룬다.

각자의 분야가 있으며 각자의 학문이 있다고는 하지만 인공지능은 흉내 내지 못하는 정신과 육체, 영혼, 빛이 이루는 순간의 통합적인 수의 열쇠를 당신은 가지고 있을 수 있다.

역사를 회상하며 역사를 배우며 역사를 알아야 한다는 것이 "힘의 역사, 노예의 역사, 생활의 역사, 코드를 맞춘 역사, 상징의 역사, 소명의 역사, 지배를 위한 역사 등이라면 얼마나 지루한 것인지!"

희망의 빛을 보아라는 것을 믿지 않는다. 희망의 빛을 봅시다는 것도 오지 않는다. 다만 희망을 나 스스로에게 일으키는 소리의 빛을 느끼며 그 빛의 소리가 묵음으로 남지 않기를 바라는 것이다.

지칭하는 이름이 중요하다면 그 불러지는 이름이 이루는 뜻이 언제나 한결같거나 아니면 어느 때부터 달라진다면 맨 먼저 생각해야 할 것은 그 이름을 부르는 이의 변화가 있는지 아니면 실제로 대명사로서의 이름이 가진 뜻이 변했는지를 살펴볼 것이다.

정신을 이루는 시간을 규정한 하루 24시간은 누구에게는 한없이 길며 누구에게는 한없이 짧다. 인간에게 있어서 자신이 하는 일의 비중이 그 시간을 확고하게 감각하게 한다. / 시간의 추상성은 오히려 그 어떤 것보다 정확하게 정신의 흐름을 제어하는 장치로서의 역할을 하며 정신의 시간에 빛이 이루어진 영혼이 다면다각한 소프트웨어로서 풍부함과 미지의 무엇을 이루게 도움을 준다.

23 : 12. 31. 07. 2016 등작 燈酌 Dungzak Cestlavie

부산 해운대 달맞이 고개 입구에 있는 한 건물에 90세가 되어 가는 콜렉터가 나의 그림 천 점 정도를 소장 중이다. 그와의 인연은 사정이 복잡했지만 무엇보다 그림들에게 습기나 온도 변화를 일으키지 않게 아주 잘 에어컨 시스템이 되어 있고 그림들을 잘 보관하고 있기에 고마운 마음이다. 사실 이젠 과거의 그림들이 그리 떠오르지 않는다. 두터운 유화 기법으로 물감이 완전히 마르는 데 3년 정도 되었을 때는 해외에 나갈 엄두도 못 냈었다. 이리저리해서 사라지고 버려진 그림들도 많겠지만 10년 20년이 지나도 여전히 감사하게 소장하고 계시는 분들을 보면 솔직히 놀라기도 한다. 나의 기억에서는 사라진 볼륨감의 그림들의 색채가 여전했기에. / 어느 재료를 사용했기에 천 년 이상 간다고 자랑해도 미덥지 않은 건 참으로 많은 예술가들이 잊혀지고 사라졌으며 작품들이 한두 점 남아 있기도 힘들다는 걸 알기 때문이다. / 영악한 이들이 예술을 논하며 영혼을 들먹일 때 스스럼없는 충고를 하자면 예술은 아이디어로 승부할 것이 안 되며 정신과 육체가 먼저이며 예술가 자신의 고독한 방 안에서 홀로 자신을 마주할 때 비로소 영혼의 노래가 불리워진다는 것이다.

폴란드 바르샤바에서 유럽의 프린세스를 만나서 오랜 시간 대화를 나눈 추억이 떠오른다. 그녀의 애인과(어쩌면 보디가드) 함께, 이탈리아 젊은이가 돈이면 거의 모든 여성을 사귈 수 있다는 데에 반론을 펼치며 그의 생각을 바꾸게 했었다. 그 이전에 베를린에서 프랑스인 친구 엘리와 친구의 피앙세와 함께 작은 카페에서 다국적 음악가들의 첨단 연주를 들은 후 엘리의 미니쿠페에 짐을 싣고 버스 정류장까지 가서 버스로 폴란드로 갈 무렵, 바르샤바 어느 광장에서 유대인으로 보이는 젊은 처녀가 꽃을 들고 파는 모습을 보고는 어떤 이야기의 시작을 만들기도 했었다. / 유럽의 공주를 만났어도 어떠한 사랑의 감정보다 그녀의 생각의 올바름과 위트에 감사했었다. / 태어나서 맨 처음 만난 유럽의 프린세스는 네덜란드 암스테르담 보스 숲에서 자유롭게 백마를 타고 산책 중이던 한 여성이었다. / 계급체제가 아닌 존중과 존경의 세계인 유럽의 왕가에서 간혹 들은 말은 징기스칸처럼 느껴진다였지만 지금으로써는 지구보다 우주가 더욱 밀접하게 느껴지고 살갑게 다가온다.

○

미묘한 차이

화사하고 붉은 입술이 말을 건넨다.
어디로 가세요? 어디로 가시나요?
허공에 일렁이는 빛은 말문을 막고
고개를 숙여 인사를 하고는 사라진다.
진정 흔적이 없어진 걸까 하고는 바라보니
흙빛 깊은 파랑이 구름 곁에 갔다.
어제의 미묘는 오늘의 미묘와는 사뭇 다르나
모레의 미묘가 다가오는 숨 하나씩
외등을 켠다. 피아노 소리 스며든다.

○

색채 몽정

바이올린 하나둘 셋, 피아노 하나, 플롯 다섯, 트럼펫 셋,

첼로 하나, 비올라 두 개, 지휘자는 무대 뒤에 들어간다.

파동의 물결은 음률들의 아름다운 색채를 입고 우주의 시간대로,

앵콜로 방송된다. 연주가들의 화답에 어울리는 마음의 소리가

신경세포들에 퍼져나가며 깊은 몽정이 일순, 침묵하며 폭죽을

터트린다.

콘트라베이스 셋이 독립하여 묵직한 프러시안 블루 안에 들어오

면, 그녀는,

그이는, 그 사람은 정신조차 불을 끄고 영혼의 숨을 서서히 참아

낸다.

제1 바이올린이 지휘하는 스칼렛 레드와 닮은 박자 소리에, 지

휘자는

다시 무대로 들어온 후 비어있던 연노랑 피아노에 앉아 눈을 질

끈 감는다.

몇 초가 지나자 고독의 소리들이 일순 복받쳐 일어서다가 검정

빛 군청색 침대에

모두 누워버린다. 몽정의 시간. 교교하지도 음란하지도 않은 박

수 소리가 힘차게,

더욱 힘차게, 모두가 힘차게, 최고조로

연주 홀에 바이올렛 가득한 박수 소리로 넘쳐나게 한다. 연주 무대는 서서히

완전하고 치밀하게 오렌지 미디엄으로 채색되고 마지막은 가벼운 진연홍으로,

살짝 덧칠된다. 엇박자 없이 트라이앵글 소리가 짧게 튕겨지며 몽정은 끝난다.

○

manic episode 1

모스크바 공항에서 담겨 온 네온과 차가움을

서울대 일대에 풀어 놓으니

외롭지도 않은 길거리의 선생이 되어

셔틀버스를 타면서 고시촌에서 살 만했었다.

나그네의 온 물결은 차가운 침대 위를 흘렀지만

인천공항의 겨울을 몸소 느끼며

친구들을 배웅하고 맞이하는 인생에 부족함 느낄세라

뒤꿈치 올려 늘 샤워하는 서울대 체육관에서

아주 뜨거운 물로 이내 마음을 데웠다.

눈물도 마르고 시간도 멈춘 시절을 2016년 11월 06일부터

2018년 01월 03일까지 보낸 나의 인생을

누가 무엇이라 부르리까?

○

등작 燈酌 빛 연구실
Dungzak Cestlavie light laboratory 45

기억으로 인한 변주를 멈추고 오늘이라는 하루에 완전한 집중을 이루기 위해서 과거를 거치면서 왔는지 모른다. 경험으로써 알 수 있는 것들과 경험하지 못함으로써 알고 싶은 것들을 놓고 균형이 제대로 기능하는 '인생추'를 만들어서 사용하기란 쉽지 않다. 그러나 그것은 인간의 인생에서 있어 꼭 필요하다. 인생추를 만들기만 하다가 죽어간 이들도, 제 기능을 하지 못하는 것을 '인생추'라 주장하며 이용하다 죽어간 이들도 생각할 여유가 없다. 오직 당신 자신만 보며 자신에게 맞는 균형을 이루는 '인생추'를 활용하며 사용하기를 진심으로 바란다.

누군가에게는 좋은 것이 자신에게는 독약이 되기도 한다. 상황에 따른 매뉴얼이 작동하기 위해서는 단 하나만 추가되면 된다. "최악의 경우를 바탕으로 하되 최선의 경우를 먼저 실행하라!"

전문가의 조언을 참고할 이유는 있지만 전문가라고 해서 모두가 동일한 수준의 높은 전문 지식을 가진 것이 아니라는 것을 안다. 자신에게 알맞은 전문가를 찾는 것도 중요성을 띄지만 우선되어야 할 것은 '전문가의 객관적 분석에 의한 전문성'이다.

빛의 흐름을 쫓아 밤이 되면 어둠에서 흘러나오는 묵직한, 형상이 없는 빛을 본다.

시각이 정보의 양을 얼마만큼 받아들이는지에 대한 연구는 일반적인 사람들을 대상으로 한 결과를 내놓는다. 그렇다면 일반성을 넘어서는 사람들은 시각으로 얼마만큼의 정보를 받아들이는지 연구한다면, 그 연구에서는 빛, 정신, 시각, 영, 뇌, 신체를 보다 긴밀하게 연결시키리라는 생각이 든다.

내일이 불행할 것이라는 확신이 선다면, 불행한 확신으로 살아갈 이도 당신이다.

뇌의 공명이 이루는 시간의 단위를 정직하게 측정해 낸다면 인간이라는 동물 외의 지구 상의 다른 동물들이 인간을 느끼는 생각에 대한 정확한 접근도 가능해진다.

인간이 죽으면 별이 되리라는 문학적 상상이 현실에서는 아무런 영향을 주지 않는다. / 단조로운 단파로서의 뇌파 장에 대한 이야기는 잊어버리고 '숨 쉬는 지구'와 함께하는 '생명의 에너지'가 우주를 향해서 끝을 두지 않고 나아가는 것을 두고 이야기를 하는 것도 좋으리라.

색의 온도가 변화하면 인간의 기분도 변화를 가지게 된다. 빛이 가진 '물의 성질'이 변화를 하면 인간에게 재앙이 될 수도 있고 오히려 축복이 될 수도 있다.

시간의 초 단위까지 세면서 일한다는 사람을 나는 신뢰하지 않을뿐더러 경멸한다. 그러한 사람은 사업가라 불리는 사기꾼이거나 종교인이라고 말하는 악인이거나 정치인이라 불릴지도 모르지만 정치선동꾼에 불과한 이들이기 때문이다.

쉼을 이루는 공간에서는 쉼을 이루며 사랑을 이루는 공간에서는 사랑으로 함께하기를.

07 : 14. 13. 08. 2016 등작 燈酌 Dungzak Cestlavie

○

과학자의 하루

하늘을 본다. 새들의 움직임이 내는 미동의 소리를 따라

도롱뇽이 아픈 걸 알아내어 연구를 시작한다.

공손한 아침은 폭풍에 잠기며,

모든 걸 절단하고 끊어내서 재조립한다.

똑 똑 또록 또록...

신의 눈물 한 방울 얻어 우주에 돌려보낸다.

다시 아침이다.

하루는 24시간이 아님을 왜 모를까 싶지만

영원의 시간은 생과 사의 중심에서 발을 딛는다.

Master의 소리 교정

이것이 어떻게 들리시나요? la

그럼 이것은 더욱 큰 소리입니다. 어떻게 들리시나요?

더욱 높이 그리고 약간 아래로.

그럼 세 명이 연주를 시작하겠습니다.

일렉트로닉 기타 그리고 일렉트로닉 피아노, 목소리입니다.

소리들이 카페 안을 열기로 데우며 고조된다. la

침묵이 잠깐 내려 쉬면. va

곧 이은 목소리의 변화. lu

전자적 흐름은 재빨리 Master의 통제 안에 들어온다. de

지극히 평범한 마찰음이 기타로부터 나온다. 이것은 lu

피아노는 독립적인 균열 감과 소리 몸통의 탄탄함을 드러낸다.
do

세 명의 연주가 끝나자 Master는 말한다 Idea Lu를 연습하시길
바랍니다.

10, 09, 08, 07, 06, 05, 04, 03, 02, 01, 0

14. 08. 2018 등작 燈酌 Dungzak Cestlavie

○

등작 燈酌 빛 연구실

Dungzak Cestlavie light laboratory 46

모르는 것이 부끄럽다면 모르는 것에 대해서 알아볼 수 있는 방법은 제한적이지 않다. 보고 싶은 것만 보며 알고 싶은 것만 알아가는 것이 스스로에게 올바르게 다가온다면 그렇게 하기를 바란다. / 집단을 형성한 지성은 본 적도 없으며 무리를 지은 이들에게서 지혜가 있다는 소식은 들은 바 없다.

시지각으로 알아채는 색의 명도의 이름을 단순하게 빨주노초과 남보로 언어화시킬 때 풍부했던 빛에 의한 각 인간에게 다가오던 색은 자신의 진짜 이름을 알려주지 않는다.

다양성을 말하는 사람이 정말 다양성을 경험하고 그 경험한 다양성으로부터 무엇을 배워서 말하고자 하는지에 대한 의문을 먼저 가질 이유가 나로서는 있다.

육체로서의 노동의 가치를 말한다면 정신으로 이루는 노동의 가치도 동일하게 언급해야 하며 인간에게 있어서 육체와 정신의 노동이 함께하는 가치에 대해서 긍정적인 평가와 동시에 보상이 이루어지는 것은 중요하며 주요한 존재로서의 자각을 일깨운다.

상상하는 능력에, 암흑에서 나오는 불길한 징조들의 이야기들을 잠재우며 상상력을 자극하며 활발하게 키우는 역할을 하는 것은 '빛'이다.

과거를 회상하며 과거로부터 배운다는 것에 반대할 의사는 없지만, 오늘이 기초한 내일에 대해서 알 필요성을 못 느끼게 하는 과거에 사는 '과거인'들이 활약하는 시대는 불행한 시대라는 생각을 한다.

사랑이 상대방으로부터 강력하게 밀려들기도 하고, 사랑은 자신으로부터 숨죽여서 봄빛 씨앗처럼 솟기도 한다.

협동하다, 협력하다라는 의미를 제대로 실천하는 인간들이 있다면 나는 기꺼이 그들에게 나의 능력으로 협동하며 협력하고 싶다.

최고의 천재라고 해도 웃음을 이루는 순간의 빛남을 알아채지 못한다면 그 천재는 사실상 인간으로서는 불행하다.

바닷가에서 바다를 보든지, 산에 가서 산을 보든 확장된 풍경이라고 시각으로 확인할 수 있지만 실제로 공간을 어떻게 인지하고 감각하며 논리, 비논리, 이성으로 받아들이는지에 대해서는 고유한 본인만이 알 수 있다.

습관적인 희망을 말하는 것보다, 의도를 가진 사랑을 설파하는 것보다, 아무것도 닿지 않는 단어로서의 평화를 이용하는 것보다, 자신이 딛고 서 있는 곳에서 보이는 생명들을 향해 한순간이라도 기도를 한다면.

33 : 13. 14. 08. 2016 등작 燈酌 Dungzak Cestlavie

○

색조 화장

요정이 변한 작은 새, 분홍 미소로 화장을 했다 물 위를 걷는 여인이 따사로운 태양으로 살짝 볼터치를 한 그슬러진 저녁

동굴에 사는 남자는 무섭도록 짙은 검은색으로 얼굴을 분장하고 도드라진 진초록으로 입술을 마무리했다 어둠이 장막을 치면 색조 화장한 어여쁜 이들이 사라지고 욕망을 제거한 빛은 아름다움을 지상의 끝. 고독사한 장소에 유배되기에 봄의 씨앗 분출하는 힘처럼 세차게 화장을 마무리하고 곤히 누군가를 기다린다.

○

피아노로 작곡하다

야마하 그랜드 피아노를 사용해서 매일 스스로에게 즐겁게 연주를 한 적이 있었다.

도쿄에서의 맑은 하늘은 건반 위에 살며시 닿았으며 자전거 페달은 박자를,

깊이 세며 꾸준한 성장을 느끼게 해주었다. 아무도 내가 연주하는 피아노 소리를

듣지 못했지만 연주를 할 때에는 마치 관중들이 듣고 있는 것처럼 긴장감을 유지하며

다양한 피아노 소리 들을 채집하면서 한 곡, 한 곡씩 써 내려 갔었다.

경쾌함과 묵직함의 중간 사이에서 떨리는 미묘한 음의 변화들을 체험하면서

천국을 경험하는 듯 아름다움들의 프러포즈를 기꺼이 받아들였었다.

꿈을 꾸어도 피아노를 연주하고 있었고 잠을 깨어나도 맨 먼저 피아노를

만지작거렸다. 마치 어린아이처럼.

지금은 컴퓨터 자판을 피아노 연주하는 것마냥 사용하고 있는 것 같다.

나이가 더 들어가면, 모든 걸 내려놓고 피아노와 함께 일 년 정도 아무도 없이 단둘이 있고 싶다. 이미 정신은 피아노와 맑고 단순하게

교류하고 있고, 밉지 않은지 윙크와 인사를 피아노로부터 받는다.

○

푸른 바이올린

손가락들이 정교하게 감각을 이루며 연주를 시작한다.
악기들의 색채는 무성의 푸르름이 가득하다.
활이 마찰하는 음의 체계는 고도의 조심스러움에서부터.
악기들이 미치기 시작하면 걷잡을 수 없는 높은음들이,
낙하한다. 마치 장미꽃들이 끝없이 피어 있는 듯.
로즈 레드를 입은 바이올린 활이, 곡선으로 휜 것 같이
직선을 비켜나간다.
한 번도 미동하지 않는 연주자의 머리카락은 또 다른 음률을
되새겨 내고, 점차 작아지며 동선을 이루는 악기들의 공동체가,
그들의 연주가 나른하지도 멍청하지도 않은, 천상으로부터의
울림처럼 초록 가득한 입술들에 닿아 큰 북 한 번 두 번 세 번에
멈춰 다시 진갈색으로 갈아입은 바이올린 색에 연주자들의
긴, 그림자 비친다. 호른의 금빛이 더욱 튕겨 나가는 그들의
연주를 보고 있으니 이제야 그들이 입은 연주복이 보인다.
직선. 목에 닿아 이루어진 직선. 선들이 색채를 거부하며
음의 높낮이를 오가는 것에 집중할 때 가만히 눈을 감고, 먼, 먼, 먼,
멀리 눈물 툭 떨군다. 이 눈물은 오로지 연주자들이 만든 것
이 눈물은 오롯하게 마음에서 흐르는 바이올린.

○

한반도 서울의
2016년 08월 15일 여름의 밤

언제 닿았는지 잊힌 빛과 함께하던 나의 선택이, 고약한 타인의 취향으로 휘둘려 멈칫대지 않기를 바라니 나의 손가락들과 나의 열린 두 눈과 나의 고독에 길든 영혼의 미소가 존재함으로써 아름다운 푸른 달의 정신에 연결되어 있도록.

이빨들이 모조리 뽑혀도 먹어야 한다면, 다만 살아야 한다는 조건에 의한 영양들이라면 혀를 잘라내어 나에게 좋을 미학으로 감당할 구조로 이루어진 게 좋으리라.

평범한 보통의 일상의 감동이 있다면 나에게 보여주고 나에게 들려주고 나에게 가게 하라.

인간의 위대함이 절대적인 속삭임이라면 그 소리가 울려주는 음역의 평균을 이루는 것은 실존했던 자신으로부터.

편집된 기억들을 끌어당기는 무엇이 혼재된 행렬로 이루어진 전기자극체형이라면, 나를 일으키는 아침은 살았기 때문이 아니라 살아야 함으로서 일깨워진 얼핏 불편하고 고통스러운 자궁이기 때문인가?

이기적 유전자를 녹이면 타의적 유전자로 변하리라 예측하는 나의 극세로 뭉쳐진 뇌를 새카맣게 달구는 유전자의 이름은 무엇이냐?

힘의 편향이 깊어진 대도시의 여름 하늘은 언 듯 예쁜 달의 모양이 보이고 갇힌 바람이 좌우를 향하고 싶은 간절함은 뜨겁기만 하니,
누구들의 안락함을 쫓지 않아도 쐐한 신경을 자극하는 이름이 붙여지는 모든 것들에게,
내가 바라보며 내가 사랑하는 '그'의 말을 건넨다.
"그들의 것은 그들에게 주고 그들의 것이 아닌 것은 가져오라!"

56 : 00. 15. 08. 2016 등작 燈酌 Dungzak Cestlavie

○

철학에 관한 연구 2

　현상에 대한 의문점을 가지는 건 당연한 일이다. 자신을 둘러싼 지구 안에서의 에너지가 궁극적으로 향하는 지점을 유추해 보면 '나'라는 1인칭의 관점이 통과되는 곳에 있는 것들 중에 의외의 존재가 즐비하고 뭉뚱그려서 '모든 것'이라고 말할 수 있지만 자연에 의해서 걸려지는 것들과 인간의 의지에 의해서 통과되지 못하는 것들, 타인의 시선과 정신에 의해서 버려지는 것들이 있기에 숨을 쉬는데 보다 편안하다는 걸 느낄 수 있다. 또한 논쟁의 비루함의 발로인 자신을 둘러싼 환경과, 굳어진 생각에 의해서 판단한다고 생각하는 것이 단지 '일방적 고함'에 지나지 않음을 안다면 침묵 속에서도 분명한 색깔을 말하고 의견을 들을 수 있을 것이다. 비록 언어로 사기를 칠 수는 있지만 그 사기에 대한 대가는 두고두고 받아야 한다. 아름답다와 못생겼다의 구분은 오로지 '시각적이다'고 인지되고 인식되어진 사회적 관습과 사회적 합의에 따른 믿음직하지 못한 것에 스스로 따르기 때문에 이루어지는 장면이다. 예를 들어 약속은 꼭 지켜져야 한다. 아니면 약속은 어길 수도 있는 것이다는 상반된 입장에서 도출되는 것은 약속이라는 것이 어떠한 의미로 각 개인에게 받아들여지고, 어떠한 상징성을 가지고 각인되어 있는가?에 따라서 입장이 다르게 표출된다는 것이다. 그리고 강박관념이라는 소용돌이가 끼치는 막대한 정신적 육체적 소모에 대해서는 오로지 본인 말고는 알 수도 없고, 그 새까만 강박관념을 무지갯빛으로 만들고 싶지만, 집단화된 가짜 지성과 소유격인 '지식의 총체적 빈틈'을 가지고 이리저리 재단하고 끼워 맞추어서 궁극적 지배세력에 열과 성을 다해서 충성하는 데 쓰는 사기꾼들에 의해서 늘 부족함에 시달린다. 한편 만성두통으로 알고 있는 인간 개개인의 병이 실상은 의사의 진단과 처방에 의해서 내려질 수 없고, 그 만성두통의 원인을 제거하는 데에는 각자가 헛되이 꿈꾸는 듯 느껴지는 '선에 대한 짝사랑'만이 치유의 길을 여는 열쇠이다.

9일간의 청계산에서의 텐트 생활을 뒤로하고 부산으로 가는 길…. 숲은 거짓을 말하지 않는다. 숨 쉬며 느낀 경기도의 나무들은 점잖았다. 고요함을 물감에 발라 색을 칠할 것 같다. 하느님의 음성이 들린다. 너의 예술로 걸어 들어가라!

○

뇌 과학의 현재와 미래

뇌 과학가인 그가 말했다.

뇌는 인체의 핵심이자 알파와 오메가라고.

나는 동의했다.

뇌가 일반인의 몇 배 빨리 반응하고 회전하기에

뇌가 일으키는 오묘함과 무서움을 잘 안다.

뇌 과학의 현재는 치매(알츠하이머)와의 전쟁 중이며

미래에는 치료될 질병이다.

뇌 과학의 현재는 뇌가 일으키는 현상을

조금만 알면 박사라도 되는 양 아는 체하지만

뇌 과학의 미래는 정보공유가 활발할 것이다.

뇌 과학가인 그가 말한다.

뇌의 노화는 뇌가 멈춰지기 시작할 때부터 이미

수면의 조절에 의해 뇌의 활동량을 조절한다고.

○

부다페스트 국제공항

잠시라도 밖에 나가시겠어요?

천만에요. 이 황홀한 하늘 아래에서 어떤 일이 또,

일어나서 에피소드가 될지 모르니 공항 안에 있겠습니다.

폴란드 바르샤바를 벗어나 대한민국행 대한항공 라운지에

앉아 누구도 아닌 나를 보았다.

해양 에너지 비즈니스맨으로 변신해야 하지만

아무런 지식이 없었기에 고국이라고 부르기 어색한

한국으로 돌아가리라고 부르기엔 참담함이 엄습했다.

부다페스트 공항의 공기와 밀착하여 담담히 피우던

담배 연기들이 몽롱하다. 몽상된다;

서울 서울 서울행 대한항공 안에서의 시간은

무척 귀여운 승무원들 덕분에 고왔고

귀국하던 날의 하늘은 어느덧 부다페스트와

닮아 보였다. 그것도 무척이나.

○

사랑 그 아름다운 언어

사랑, 이 얼마나 아름다운가? 완벽한 언어
사랑 그 얼마나 순수한가? 완전한 언어
사랑하고 사랑받는 사람들에게 축복을
서로가 서로에게 힘이 되어 기쁨을 함께하는 사랑,
그 사랑 안에서 살리라. 살고 싶어라
근원의 사랑 속에 뿌리내린 농염한 기운에
살짝 키스하는 순간, 그 순간은 너무도 아름다우니
사랑, 이 얼마나 아름다운 것인가?
인간이, 사람이 사랑을 만나기 위해 살아가는 건
너무도 잘 알기에 사랑, 이 따사로움에 애잔스런
말 한마디, 눈웃음을 보낸다. 고이고이

○

천체 물리학에 대한 연구

　별은 말한다. 모양이나 도형은 나의 관심 밖의 일이야. 별의 종
말은 새로운 형태를 만들어 내고 그 형태는 곧 소멸해 버리지. 나
도 나의 모습이 어떤지 몰라. / 빛이 그림자를 만들 때 그 안으로
쉬기 위해 들어온 공간을 가진 행성이 시시각각 색채를 바꾸며
극히 차가운 폭발을 거듭한다. 태양은 홀로 뜨겁게 천체를 데우
려고 하지만 그것은 불가능하다. 서로가 서로를 잊어버리면, 수
많은 우주들 중, 하나의 고유한 별칭이 있는 우주가 사라진다. 영
원히.

　/ 지구의 자연은 우주를 닮아 있고 물리학이 드물게도 제 기능
을 하는 시간이다. 그리고 시간을 헤아리려면 인간의 역사는 배제
되어야 한다는 결론을 도출하게 된다. 유한성과 무한성의 성질을
제대로 이해하지 못한 상태에서 초 단위를 무색하게 하는 급격한
모습의 변화를 이루는 풍부한 표정의 시간. 시간의 공간성은 무한
대를 향하지만 그 무한의 아름다움에 결승선을 긋는 건 유일하게
인간이 하는 일이다. / 별들의 중력은 인간의 과학적 관점에서의
중력과는 상당한 거리감이 있다. 차원은 층층이 구별되지 않으며
자유로운 왕래를 거듭하다가 소멸되기도 하고 또 한 번 승차권을
나눠주기도 한다. / 거리감이 부피와 맞춰서 생각에 몰입되면 천

체는 축소되는 걸 마다하지 않고 비밀스럽던 이야기들을 풀어놓기 시작한다. 끝 모를 이야기는 상상력을 모두 끌어다 결과를 알고자 해도, 행성들의 입자가 서서히 닫히면 알 수가 없게 된다. / 층위의 다면성은 흙의 농도와 해양의 가장 밑바닥에 닿는 관성을 지닌 광선으로 조금 알게 될 확률이 높다. / 에너지의 타락은 별의 죽음과 밀접한 관련성을 지니며 지구 행성에서 일어나는 초자연적인 현상들은 그 안에서만 유효한 빛의 반란이라고 부르고자 한다. : 행성의 탄생과 모멸적인 죽음 사이에는 서로가 어긋나는 에너지 파장의 결과물이기도 하다. 서로에게 유효하지 않은 유통기한이 넘은 에너지의 교환은, 깨끗함이라고는 찾아볼 수 없는 지극히 더럽고 고르지 않은 절박한 듯 보이지만 이유 없는 생명 연장과도 같다. / 폭력성으로 무장하고 전쟁을 일으키는 행성은 다른 행성이 보기에 참으로 유치하기도 하다. 하지만 전쟁 중인 행성은 투철한 결연함 같은 에너지를 잠깐 보이며 다른 행성들에 전쟁에 동참할 신호를 보내지만, 그 신호는 잿빛으로 뭉쳐진 먼지처럼 이내 흩어진다. / 에너지의 신호체계는 알려진 바가 없다. / 자신이 지내는 행성을 살리기 위해서는 에너지들의 총합으로 교체되어야 하는 에너지는 과감하게 폐기되어야 하고 보다 다양하고 활발하게 청결함으로 다가서는 에너지는 발전을 시켜야 한다. : 별 이 식어가는 동안에 우주는 아무런 상관이 없는 듯 다른 곳으로 이동한다. 이기적인 별들이 사라지는 동안 가짜별들 간의 운행 선들이 서서히 멈추며 폐쇄되어 가는 동안 공기에 압착된 세포들은 급격히 좋지 않은 방향으로 공격을 마다하지 않고, 인간은 별빛들이 반짝이는 모습에 반해 넋을 잃고 고요한 듯 보인다. 그 시간의 무서움을 느끼지 못한 채.

15. 08. 2018 등작 燈酌 Dungzak Cestlavie

등작 燈酌 빛 연구실
Dungzak Cestlavie light laboratory 47

예술의 미래를 예측할 이유나 의미를 가지지 못하는 건 예술을 이루는 예술가들에게서 비롯되는 빛에 대한 이야기는 하지 않더라도 예술의 감상자나 능동적 주체가 되는 인간들로부터 그 어떠한 기대를 할 정당성을 스스로에게 찾지 못하기 때문이다.

정신의 에너지를 쓴다고 말하는 직업을 어떻게 구분할지 모호하다. / 형식에 잡혀 있는 소설가나 시인들로부터 실질적인 정신의 에너지가 그들의 글에 담긴다는 것에 대해서 신뢰할 근거를 찾고 싶다. / 형식과 내용이라는 저차원적인 방법론에서 벗어나서 각자의, 예술가 본인만이 이루는 방법론에서의 출구를 찾기를 바란다.

역사로부터 배운다고 말하며 역사를 올바른 이해로서의 사용이 아닌 이용의 가치로서만 접근하는 이들에게서는 '인간의 향기보다 짐승의 오물냄새'가 더욱 역하게 풍긴다.

뇌 질환자로 분류되는 유형의 인간들을 구분하자면 지구 상에서 그 누구도 자유롭게 자신은 뇌의 기형적 질환으로부터 벗어났다고 하기 어려울 듯하다. 0세에서 03세의 유아들은 제외한다면 그것은 뇌를 자극하고 깊이 영향을 끼치는 현대 문명이 건강한 상태가 아니라는 점에서 기인한다고 본다.

인간의 보는 것과 만지는 것과 듣는 것과 상상하는 것 사이에서의 균형체가 무너지면 그 영향은 '인공지능의 전자신경회로'에 닿는다.

재현 예술가로서의 연주가들이 연주하는 음악에 몰입되어 그 몰입을 자신에게 끌어당겨서 긴장감을 조절하며 연주가 끝날 때까지 이전에는 재현되지 않았던 음을 연주가 본인만 알더라도 이루어 내는 것을 '빛'에 포함시킨다.

편견이 끼치는 불편함은 본인을 병들게 한다.

당신은 소중한 존재라면서 그 소중하다는 당신에게 기생하는 이들은 암흑조차 멀리한다.

하늘의 빛이 나에게 평등하게 밝음으로 비춰진다고 해도 마음에서 웅크리며 죽음으로 걸어가는 '불평등 사회인간'으로 인지되는 그것을 벗어나려면 어떻게 해야 하는가? / 이것은 단지 어느 사회에서 살고 있는지에 대한 문제가 아님을 밝힌다.

59 : 15. 16. 08. 2016 등작 燈酌 Dungzak Cestlavie

사람을 만나는 속도는 무엇인가요? 재미로 이야기하는 시간이다. 어떻게 한 시간 동안 만 명을; 만나서 각 개인과 대화를 깊이 나누었나요? 저는 정확하게 모르겠습니다. 상대방에게 물어야 할 이야기 같습니다. 네. 제가 물어보니 만 명이 모두 동일하게 당신과 깊은 대화를 나누었다고 했습니다. 그렇군요. 저는 그 순간의 번쩍이는 순간순간만 기억합니다. 저는 상대방과 동시에 울었고 또한 상대방과 동시에 기뻐했습니다.

○

숲에서 잠든 나날 43

둔탁한 일어섬에 고개를 갸우뚱거린다
간밤의 사랑은 달콤하고 황홀하여 기력,
넘치고 넘치며 가벼웠었음에
아! 그이가 떠났음에 비로소 어둠을 느낀다
팔랑이는 잎사귀에도 썰리는 명쾌한 향기에도
단 하나, 그 사랑 없음에 무디어지니
어젯밤의 뜨거움이여 안녕히
어젯밤의 긴밀함이여 안녕히
소소하게 바람이 일어 뺨을 스친다.

○

먼 길

소리 없이 조용하게 떠나는 인생의 길목

어느 곳 빈 곳에 들어가는 추억

내가 사랑하던 사람들이여

부르지 못할 옛날에 정지된 사진이여

꿈꾸지 않으며 가는

마음 비워놓고 가는

한 시절이여 작별을 고하니

소리쳐 부르며 뒤돌아보는 인생의 길목

아름다운 붉은 드레스의 그녀는 하얗게 부서지고

가도 가도 그 끝 보이지 않는 길

나는 눈물 바람에 닦으며 걸어가네.

가만히 생각해 보니 살아오면서 만나게 되었던 열린 시각으로
유연한 마음의 소유자들은 내가 아는 한 모두가 자신의 분야에
서 사람들이 일반적으로 이야기하는 전문가를 넘어서서 지도
자로서의 역할을 충실하게 잘 해내고 있다. 하지만, 만나서 장
황하게 자신의 배경을 말하거나 모국어가 아닌 외국어를 자주

섞어서 이야기하면서 자신의 전문분야를 내세우던 사람들을 떠올리면 내가 아는 한 그들은 현재 어디에서도 찾아볼 수 없다. 한편 스스로를 이끌어 나가는 것도 굉장한 지도자이고, 사람들을 이끌어 나가는 것도 대단한 지도자다. 자신의 분야에서 뛰어난 업적을 쌓아가는 이들은 잠시 물 한 잔을 함께 마시거나 담배를 나누어 피거나 술을 함께 마시거나 밥을 함께 먹으면 금세 표가 나고 서로의 눈동자가 이야기하는 바를 정확하게 이해하고 당장의 서로에게 필요한 약속이 아닌 몇 년 후 혹은 십 년 이상의 뒤에 일어날 일들에 대해서 약속을 한다. 그 약속이 지켜질지 아닐지는 두고 보아야 한다고 생각하게 되지만 실제로 그 약속들이 지켜지는 걸 보면서 오래전 잊고 지낸 한반도인들의 약속은 어떠했는가?를 떠올린다. 세계인들과 함께하며 약속을 하면 신변의 이상이 있지 않은 한 완전하게 지켜진 약속들. 또한 자신이 지키지 못하면 자신의 자식이나 친구들이 지키게 한 일들을 보면 한국에서 그토록 영어를 교육하고 유학을 가야 하고 미국인식 비즈니스를 강조하지만 이미 옛날에 한반도인들은 국제적 비즈니스를 몸소 실천하고 전파하던 이들이었다는 걸 보면 무엇이 세상을 움직이는 비즈니스인지 잘 살펴보아야겠다.

○

철학에 관한 연구 3

잠에 빠져들었다. 그러나 생각을 형성하는 뇌세포는 잠들지 않았다. 단지 기발하거나 기민한 언어적 유희는 놀이에 지나지 않는다. 하지만 많은 사람들은 그 언어적 놀이터에서 헤어 나오기 싫어하며 마취된 상황에서 머물기를 원한다. 모국어는 외국어로 대체되었으며 인종에 대한 편견은 깊이 각인되어 스스로를 식민지 노예로 규정하고 학습된 규범에 따른다. 종속이 철학을 병들게 하고 깨우침은 소비되어 널리 알려지면 알려질수록 빈껍데기가 되어버린다. 종교를 사상이나 학문으로 접근을 하면, 그대로 박제된 작은 지식이 머릿속을 꽉 채워서 올곧은 음성의 신을 느끼지 못하고 오직 만들어진 가짜 기도로 자신을 달래면서 거대한 전자 화면에 나오는 우상화시킨 인물들에게 충성을 한다. 자신의 계급을 끼워 맞추는 것은 자유이나 자신의 자녀를 각 개체의 고유한 생명으로 보지 않고, 자신과 동일시하여 규정하고 해체하여 어떠한 인간이 되어야 할지를 정하고 강요한다면 그것이야말로 짐승의 길을 걷는 것과 똑같다. 부드럽고 열린 정신은 순간순간에 불어오는 대기의 힘과 화합하여 움직이는데 그것을, 지식을 획득하여 두뇌를 채운다는 것이라고 착각하면 심각한 문제의 시작이 되는 것이다. 또한 곧바로 일어선다는 건, 지식의 총체에서 나오는 온갖 더러움

과 온갖 비루함에서 벗어나서 홀로 각자의 공간을 만들어서 그 공
간의 움직임을 자연과 하늘의 시각에 맞춘다는 것이다.

○

색채의 비밀

색채는 능력이다. 노력의 능력

색채 감각의 천재였다. 천재이다. 천재지만

색채가 가진 마력을 얼마든지 뽑아 들었던 시절,

지나가고 없다. 다시 색채에서 그림을 그릴 때가

다가오고 있다. 스스로에게 기대가 된다.

그림을 그리는 화가 나의 직업이다. 근본이 되었던 직업

그림으로 생계를 꾸렸고 생활을 이어나갔다.

색채의 비밀은 나의 그림을 보면 나온다.

그것이 사실이기에 글로서, 언어로서는

이야기하기 힘들다.

그린블루 하늘이 점점이 그림 안에 들어오는

현재의 마음은 노랑 짙은 빨강이다.

○

DNA 호흡법

심장과 뇌를 중심으로 호흡하는 DNA
손가락 마디 하나하나마다 DNA가 있어
어느 하나 소홀할 수 없다
머리카락에도 숨은 호흡이 있으나 그 호흡은
끊어낼 수 있다. 털들을 깎고 다녀도 오히려
그 털들에 호흡되던 DNA가 뇌를 건강하게 할 수 있다
배꼽 및 성기가 그냥 있는 것이 아니다.
웃음이 좋은 것은 생성되는 물의 에너지가
주위에 퍼지며 교환되는 것이다. 최상의 것들로,
DNA 호흡법은 그리 어려운 것이 아니지만
흉내나 내는 좀도둑들에게는 독이 된다.
호흡하라 DNA들이 활발히 뇌를 움직이고
심장을 튼튼하게 하도록.

그림을 그리는 동안 정신의 속도와 육체의 속도가 동일하게 나
오는 과정을 거치면서 몸과 정신의 에너지는 그림 한 점에 모조
리 담기고 죽다 살아난 기분이 잠시 들었다가 또다시 다른 그림

에 집중한다. 내년부터 시작될 DUNGZAK Nuance Company의 첫 사업인 패션도 오로지 나에게서 나와서 내 자신이 꼼꼼하게 마무리를 지어야 하는데 힘의 분배가 관건이다. 그래서 요즘 가끔 가야 술을 마시고 담배는 많이 피우지만 건강을 돌보면서 사람들을 웬만해서는 만나지 않고 있다. 다만 뻔히 느껴지고 닥쳐올 일이 바로 정신의 속도가 너무 빨라질 것이라는 점이다. 오래전부터 약속한 베를린의 패션연구소의 구성원들과 다음을 다시 기약한 건 바로 내 자신이 만들어내는 패션의 지점에 도달하면 다시 다른 지점을 재빨리 함께할 속도를 아직 맞출 여력을 서로가 조율하기 힘들다는 것 때문이다. 2016년의 1년이 100년쯤으로 느껴지리라는 예상을 한다. 하지만 해야 할 일에 대해서는 철저하게 장악하고 행할 것이라는 걸 알기에 지금은 휴식 중!

○

캄보디아 아침

사랑하는 빛도 생기를 밝히는 아침
너무도 뜨겁구나. 내 심장이여.

생명을 구경하던 부처가 새가 되어 날아갈 때
천사들이 보았다. 인사를 서로 나눈다.
붓다가 일구어낸 노동
땅의 기운은 한껏 돋는다.
캄보디아의 아침은 약 20분 남았다.

무지개를 넘다가 넘어졌다.

당신의 입술은 유혹적이나 하는 말은 견디기 힘들군요.

아무런 생각 없이 내달렸다. 어지럽던 미움이 사그라지도록.

세상의 빛인 아이들아

잠들어라. 잠들어라. 어린 너는 잠이 필요하니

조금 멈추고 깨어나는 시간을 늦추렴. 잠들어라.

어린아이들이여.

꿈에 들어가렴. 서두르지 말고 천천히 아주 천천히

꿈 안에 들어가렴. 잠들지 못하는 네 인형을 다독이며

잠을 자렴, 아이들아.

너의 꿈은 오직 너만이 아는 비밀스러운 공간

잠들렴, 아이들아.

네가 잠에서 깨어나면 여전히 어린아이지만,

알고 있단다. 부쩍 더 성장한 너의 세상을

잠들어라. 잠들어라. 너를 어렵게 하는 것들이여.

잠들어라. 잠들어라. 너를 괴롭혔던 어제들이여.

조금 더 잠을 자렴. 어린아이들이여.

잠들어 이루는 꿈속에서 놀이하며 조금 더 잠자렴.

아이들이여. 네가 깨어나면 기분 좋은 바람이 불 거야.

하늘은 맑음, 그리고 네 마음도 깨끗하게 맑음.

아이들아. 잠을 이루렴. 조금이라도 더 편안하게 잠들렴.

23. 08. 2018. 등작 燈酌 Dungzak Cestlavie

○

회색, 먹물 빛, 하늘

고요함이 서린 아침에, 일어났다는 것만으로도 충실해지는 인생.

아무도 곁에 있지 않음에 더, 충만해지는 아침의 한때. 지금은 그런 시간.

머리를 감는다는 행위보다 머리를 깎는다는 행위에서 이루는 무엇의 무언

충족하지 못하는 열정은 나이가 듦에 솎아내는 먼지들과 같은 먹구름 진한,

아침. 나는 말한다, 나는 말하고 싶다, 나는 말하고자 했다, 나는 말할 기회를 놓쳤다.

정도에서 세차게 정지하면서 품어내는 빛깔들. 색채들. 낡은 첼로의 음성

타자에 대한 생각이 전혀 들지 않는 자기애의 시간,

더욱 낡아버린 첼로의 활이 밀착하며 정신의 몸을 벗겨 씻게 하는 침묵.

하나둘 셋 넷 다섯 여섯 일곱 여덟아홉 열 열하나 열둘 열셋에서 한 번 더 이어지는, 끝 모를 몸통의 연주. 멈춤이 필요치 않은. 아침.

○
뇌가 연주하는 세계

뇌, 차원을 자유롭게 움직이며 여행하는 열쇠.

보아라! 그들의 연주를, 사람들이 오고 가면서 움직이는 음악을 딱히 어느 장소라고 말하기는 싫다. 비밀은 비밀.

참, 오랜만이군요. 뇌는 신호를 보내고 다른 뇌가 화답한다.

정말 오랜만이에요. 다른 차원으로 급하게 이동하는 지휘자. 뇌의 지휘자.

여기서는 잠시 멈춰주세요.

제가 이야기했었고 제가 보여드렸던 작곡을 잊지 않으셨군요

다만, 단지 드리고 싶은 말은 작곡의 구성에 약간의 변화가 있다는 거예요.

차원을 서로들 바꿔서 연주를 이루어 볼까요?

이동하는 시간에 조금, 오차가 있더라도 이해를 부탁드립니다.

이제는 출발과 도착하는 열차나 비행기를 놓치실 일은 없습니다.

오히려 어깨에 힘을 빼시고 잠시라도 각자의 방에서 누워서 쉬셔도 됩니다

: 지휘하는 대로 움직이셔도 되지만 즉흥적인 하모니도 좋습니다.

풍부하게, 좀 더 자유롭게, 더욱 신선한 공기를 마음껏 들이쉬

면서,

박자를 늦춰보는. 잘 아시다시피, 우리 모두 이번의, 연주가 끝나면

다음에 만날 날까지 꽤 오랜 시간이 걸린다는 걸 잘 아니 즐겁게 몰입해 보죠.

: 뇌 지휘자가 마침표를 몇 개 지운다. 그리고 쉼표를 이렇게 저렇게 돌려준다.

아름다움과는 거리감이 큰 연주가 공간들의 차원들에서 이루어지면서 지휘자는

뇌들의 주파 장들은 길게 이었다가, 아직 미숙한 단파장의 음률이 튀어 오르면

살짝 주의를 주며 웃는다. 계속해서. 계속해서.

마침표 전체를 지우고 생성 표음을 도드라지게 표시하며 자신이 잊었던 날카롭고

위험한 초저음과 초고음 사이의 마찰을 조금, 조금 더, 더욱더 함께 부드럽게 만든다.

2015. 12. 09. ~ 2016. 03. 20.까지의 Dungzak Cestlavie 베를린 전쟁의 서막

베를린 타워의 잠들지 않는 빛에 연결된 나의 뇌 시스템에 눈이 내린다는 신호가 전해져 오면 급하지 않은 듯 커피를 적당하게 내려서 마시고 옷을 단정하게 갈아입고는 사람들이 녹아내린

회색 호텔 정문을 나와서 바로 앞, Museum für Kommunikation 의 지하 철장에서 흘러나오는 구동독과 구서독의 친구들이 간결하고도 냉철하게 편집한 음악을 들으면서 담배를 대기에 흩어지지 않게 피운다. 0 파리 오페라 구역에서 태어나면서부터 자연스럽게 익혀서 한국으로 온 어린아이 때부터 확장하며 익힌 전술과 전략의 집요함을 쏟아야 하는 장소는 나 역시 더욱 냉혹한 의지로서의 Ost Berlin 1 인간의 정신 에너지를 합당하게 끌어낼 시간들을 베를린에서 부여받아 작전 장소를 Berlin Mitte 지역으로 확정하고 겨울을 보내면서 주요 거점을 베를린 시청으로부터 시작하여 마지막으로 최대한 좁힌 지역이 미 대사관과 러시아 대사관, 영국 대사관, 조선 민주주의 인민공화국 대사관이었다. 단 독단적인 나만의 진짜 전술의 확장 무대는 Checkpoint Charlie를 중심으로 하는 지하철을 통하는 모든 곳이었다. 2 가끔 급히 당기는 담배가 공기를 타고 퍼질 때가 있다. 위험의 징조. 그러나 나는 아무 곳에도 숨을 수가 없다. 루시퍼를 불러냈고 아돌프 히틀러를 전쟁 화가로 끌어들였었지만 진정 적의 힘은 거대했으며 상대하기가 까다롭고 힘들었었다. 처음부터 목적한 바는 나의 적과의 첫 대면과 그들의 힘의 양을 측정하고 최대한 약화하는 방어막을 가장한 공격 막을 형성하는 데 있었기에 그것은 성공했다. 단 나 역시 잊어버린 나 자신이 인간의 몸으로서 우호적이며 함께 완전하게 일어나 적과의 전쟁을 치르고 싶어 하는 정신 에너지들이 예상치를 벗어나니 감당하지를 못했다는 점이다. 3 검 비릿한 적은 그때를 철저하게 이용해서 나를 공격했다. 베를린 시내의 사용 가능한 정신 기형 파장 전파는 모조리 모아서, 존재하는 나에게 집중 파괴력을 쏟아부었고 그때 2007년 겨울의 한반도 서울에서처럼 다시 한번 참담하게 깨어질 듯했으나 나이 40세에서 일어나는 미묘하며 오롯한 힘으로 1㎞를 앉아서 아주 조금씩 걸어나가 나중에는 이름 모르는 천사들까지 합세한 공격에서 벗어났다. 4 동베를린에서 잊지 않고 전해준 감사의 인사에 할 수 있는 모든 공격 시스템을 작동하고 얼음알갱이의 시퍼런 눈발을 비켜 맞으며 이번에는 밝힐 수 없는 다른 작전을 지휘하기 위해서 걸었다. 5 Museum für Kommunikation의 음악에 단 한 박자의 휘파람을 삽입하여 편집권을 친구들에게 주고 베를린 타워의 고요함이 깃들어 울리는 빛에 나의 적인 그에게 휴전을 알리는 신호를 보냈다.

○

숲에서 잠든 나날 51

까마득한 어둠이 짙게 깔리면 촛불이 살아난다
눈에 보이는 것이 전부가 아님을, 조금 이해하며
조심스럽게 풀잎들을 눕히며 작은 보금자리로 간다
옆집 사는 새가 날아와 길게 소리를 울리며 돌아가는
그러한 곳,
나는 이곳을 숲이라 부른다
발광했던 낮과 오후를 식히는 호숫가로 가서 세수를 하며
처연히 그림을 그리며 그림을 마음으로 헤매는 곳
나의 작은 텐트에서 그 형상이 하얀 화면을 채우며,
완성되는, 그곳을 나는 숲이라 부른다.

은빛 고래

어느 날 작은 가방 메고 떠나간 바닷가

아무도 없고 혼자 바람을 받아들이며

천천히 걸었지

순간,

반짝이는 빛을 보았어

바다를 은빛으로 물들이는 너를

눈을 감았지

너의 등위에 올라탄 나는 하늘을 보았어

인생에서 지나간 사람들 스친 이들을 느끼며

다시 바람이 잠잠해지고

안녕 은빛 고래여

안녕 사랑했던 사람이여.

○

숲에서 잠든 나날 49

술병들이 널브러져 깨어지고 헝클어 있다
그럼에도 숲의 형질은 바뀌지 않는다
어제의 고요하던 나무가 오늘도 고요하다
어제의 아름답던 새소리 오늘도 아름답다
미처버린 정신은 숲의 정령이 치유하니,
날뛰지 말며 조용하게 누워서 숲을 느껴라
빛은 소박하게 내리며 공기도 아담하게 콧등을 간질인다.

물이 투명하다면 반사하는 빛으로부터 이내 아무런 관계적 관
념 없이 접촉되는, 이 철저한 사회인간으로서의 나는 무엇인가
를 떠올리다 맨살에 닿는 빗물에 섞여 녹아 흩어져 버리는 지구
의 역사에 단 1분 만이라도 중심 시스템이 되어버린 나의 뇌가
멈추기를 희망했다.

○

꿈에 물어보고 비에게 질문하다

언제부터인지 나는 나로서 존재를 이루지 않고,
타인의 시간에 살며 셀 수 없는 영혼들의 목소리에 숨겨져서
몇 날 며칠을 움직이지 못하면서 사는 걸 느낀다.

○

은하수에도 비가 내리면

산 깊은 절에서 하늘 가득 별빛 영롱할 때
잿빛 입은 한 사나이가 절망에 목을 단다
순간, 우렁찬 큰 돌이 머리 정수리에 꽂히더니
생은 살아서 나아가라 생의 밝음에 나아가라

어디서든 존재하는 인간의 영역 바깥에서, 꿈은
수많은 빛과 수 없는 색채를 뿌리지만 미욱하게
어둠에 기도하며 어리석음에 절을 하는 나를 본다

이 밤,
은하수에도 비가 내린다면
그곳에서 춤을 추리라 온갖 욕망과 욕심과 허세를
던지고 노래하며 춤을 추리라며 비에 젖는다.

○
그림을 그리다

바다를 본다. 바다를 품는다. 바다를 떠난다

가난을 이야기하고 가난을 그리던 그 화가는 사라졌다

노래를 부른다. 노래를 안고, 노래를 숨긴다

귀로 그리는 그림, 그림들의 시간

가슴은 너무나 벅차다

이유 없는 손가락들을 움켜쥐고 눈을 감고 그림을 그리는 공간

어제의 고독은 오늘의 햇살을 이어받아 몸을 말린다.

바다에 간다. 바다를 품고, 바다를 그리기 위한 숨을 내어낸다

마음에 담긴 바다

기억과 추억과 삶이 담겼던 바다를 찢어내고, 낮과 밤을 잊고

캔버스를 눕히고 물감들을 꺼내 붓으로 색채들을 지워낸다.

음량을 높이면 바다는 철썩이고

음량을 줄이면 바다는 잔잔해진다.

36 : 16. 05. 09. 2016 등작 Dungzak Cestlavie

저의 예술에 대해서 잠시 말씀드리자면 초기 2년을 제외하고
20년 동안 조각으로 만들어지는 것을 항상 염두에 두며 그림들

을 그렸습니다. 조각이 가진 요소로서 조형미, 메시지 전달을 위한 형태의 가감, 건축에서 가장 중요한 균형과 지탱력의 견고함이 동일하게 적용되는 조각, 색채로서 단순히 조각의 표면을 입히는 것이 아닌 색채 자체가 추상 덩어리로서의 미지의 무엇을 담는 것 정도의 의미를 저의 그림들에 담고자 했습니다. 앞으로는 수학적 물리학적 요소를 넣을 때가 온 것 같습니다.

○

달빛 피아노 햇빛 첼로

어둠, 소리 없는 빛, 울음 가득한 손이 움직인다
별들을 타고 오르며 내리는 무명의 소리
가까운 듯 품에 있는 듯 차곡차곡 쌓이는 빛
달빛은 피아노

뜨거움을 살라 가슴에 담는 아침 붉음이 노랑으로 변하는
순간의 소리 햇살, 숨, 생명이 가득한 악기가 소리를 낸다.
빛이 청명하게 울리는 음률에서 부서질 듯 끊어질 듯
적막을 걷어내는 운명
햇빛은 첼로.

○

재즈, 콘트라베이스 그리고 첼로

중저음의 넓은 음역에서 흘러나오는 목소리

인간의 악기

몸은 리듬을 타고 하루는, 조용하게 흐른다.

손가락이 쉬는 시간, 악기를 타고 넘어오는 침묵

재즈, 엇박자가 없는 노래 튕겨내는 콘트라베이스의 음 RU

장소를 지니지 않고 걸어가는 사람들

주먹 쥐고 비틀대다가 곧 발끝에 힘을 주고 RA

어디로 가는지는 중요하지 않고 다만 걷는 것이 중요한 LO

귀를 움직이는 소리가 재즈라면

가슴에 가득 차는 첼로 DO

뇌를 타고 번지는 색채들의 ON에 들어가면,

목소리가 한 번 더 더 더욱 세차게 DONE

콘트라베이스가 목소리에 들어가고 목소리는 첼로를 품고,

일요일 한낮의 재즈는 ONTO

생각하는 눈은 반짝이다가 쉬이 눈꺼풀을 닫고 CHECK OUT

○

화가

빛의 움직임에 눈동자가 따라가며
빛의 입자에 숨결을 넣는다
맑음은 사라졌고 탁하고 어두운 길
온전히 산 자의 붓과 팔레트가 아니더라도,
오래전 한 사랑의 기도로 이만치 걸어왔다

풍경은 일그러지고 인물도 변화하며 웃는다

의지를 가지고 하얀 화면의 밝음을 자아로 채우고
꿈을 잃지 않고 색깔이 춤추게 만드는 것
내가 그린 그림도 알아보지 못하게 늙어도
새로움이여 빛나라 새로움이여 움직이라며
온 영혼 온몸이 온 정신이 팔레트와 붓이 되는 사람.

○

2013년 9월 12일 오전 10:30

어렸을 때부터 이상하게 서양인의 피가 진하게 보인다는 말을 간혹 들었었다. 베를린에서 합리적이고 조분조분한 대화로 이야기를 이끌어내는 독일인들보다, 나를 보며 약간 상기되고 흥분한 독일인들을 보았었다. 정신과 육체의 조화로움이 아니라 뭔가 다른 에너지로 날마다 여러 점의 그림들을 그리며 깊은 집중력으로 시간의 에너지를 움직이는 나의 상태를 보면서, 독일도 내가 설, 큰 무대가 아님을 그들도 나도 알았었다. 지금의 나로서는 칭기즈 칸도 영화의 스타처럼 보인다던 시각에서 없어졌고, 단지 껍데기 안의 거미처럼 박제되어 시간을 멈춰놨다.

○

I vote you

가을이 가면 폴란드 대사관에 가서 나의 법정 소송이 담긴 자료들을 찾으려 한다. ocean energy businessman에 대한. / 많은 사람이 거절하지 못하는 매력적이고 구체적인 제안을 만들고 싶다. 분명 안에는 힘이 쌓여 있는데, 중간 통로가 막혀서 제 기능을 잃어 있다. 표현의 응축된 힘을 제대로 간략하고도 중요하게 다루는 연습을 해왔던 걸 상기해 본다. 내 변호사가 넘치고도 남을 돈을 다루는 비즈니스를 내가 유럽에 가지고 있다고 했으니. 아주 천천히 현실로 소유해야겠다. 혼자서 독식하기 위함이 아니라 필요한 곳들에 나누기 위해서!

2005년 프랑스 파리, 그때 파리 보자르 예술학교 학생이었지만 지금은 널리 알려진 화가가 좌충우돌하던 나를 데리고 생제르맹에 있는 레스토랑에서 밥을 사주며 함께 마신 맥주를 10년 만에 다시 발견해서 마신다. 사물은 어느 한 사람을 떠올리게 하는 힘이 있다. 그 사물이 아무리 사소하게 지나치는 것이라도 누군가에게는 소중한 풍광을 연다. 참 멋진 화가인 그녀가 떠오른다. 필요한 것들을 조건 없이 도울 준비가 되었던. 하지만 철부지 화가였던 나. 언젠가 그 화가를 만나면 좋은 샴페인을 나누고 싶다.

나는 이 세상에 희망이 없다고 할 수 없다. 그것은

어린아이들의 표정과 아름다운 힘에 굴복할 수밖에 없기 때문

이다.

희망 hope pencil, paper 48x36cm 2014

○

민정연(예술가)의 작품에 대한 비평
– 마흔세 살의 한 예술가가 생애 처음으로 비평하는 예술

공간은 사물이 어떠한 위치에서 무엇이라는 정체성을 띠며 다가 오는 것에 먼저 반응을 한다. 인간이 직접적이고도 현실적인 시각 으로 "뇌에 전달되는 무게"(과학적인 연구로서의 접근이 아닌)를 인지하며 그 습득된 것을 분산시키며 뇌의 여러 공간에 분배할 때, 우선으로 유아기, 유년기에 저장되었던 '기억'과 충돌을 한다. 그 기억과 현 재는 파괴적이거나 파멸적 이야기를 나누기도 하고 거의 대부분 은 인지하기도 전에 망각의 바다에서 인사조차 나누지 않는다. – 극단의 색채가 이루어지기까지의 시간의 에너지는 세월을 견고하 게 만들기도 하며 때로는 말랑말랑한 부피감을 즐기기도 한다. – 민정연의 색채 운동감은 분명하게 자신의 손에서 비롯되어 피로 도가 누적되는 것을 마다하지 않는 기계적인 밀도를 향해서 끊임 없이 뻗어간다. 형태가 이루어지기 전, 색감의 층위가 날카롭고도 매끈하기까지 한, 그의 그림은 사실적인 것들을 배제하고 일상적 인(어쩌면 평범하기 위한) 기록으로서의 노동의 의미를 획득하기에 이른 다. 색채를 다루는 화가로서의 입장보다 우선하여, 생각이 철학으 로 나아가는 의미확장을 육체로 먼저 행동하고 그 후 정신을 불러 들이는 고단한 과정을 마다하지 않기에 영혼은 그 자체가 예술이 되어버린다. 하지만 미술재료를 다루는 경지가 아무리 높다고 해

도 그 안에 매몰되는 한때를 필연적으로 보내야 하는 '개인으로서의 삶이 기꺼이 예술의 제물이 되어야 한다는 의미도 포함된' 예술가의 인생을 어둡고 차가운, 자신을 무너트려야만 이룩되는 파랑(blue)에 너무 가까이 접근하는 건 조심을 해야 하지 않을까? 는 생각을 한다. 이 생각은 어떠한 예술이라도 자신을 죽여야지만 완성되는 듯한 가상적인 의뭉이 화가의 손에 들러붙어 멈춰야 할 순간을 놓치고 서서히 박제되지 않을까? 하는 개인적 입장 때문이다. - 미술이 평면화든 입체 작품이든 구체성을 지칭하는 것에 의식이 닿아 있으면 그 의식은, 색채를 잃고 형태도 사라지고 아무런 의미가 없는 사물이 되어간다. - 보편성을 위한 예술가의 눈이 아닌 민정연의, 의식의 매개체로 단련되고 연마된 예술가의 눈은, 시간의 구체적인 압박도, 인간으로서의 개인적인 바람도 포기하고 어떠한 우주와의 연결도 스스로 단절하면서까지 지구의 사물에 단단하게 애정을 표현하고 있는 듯 보인다. 하지만 가벼운 정신증까지 일어날 듯한 집요한 화면의 구성이 남프랑스의 쨍한 태양과 어떠한 과정을 거치면서 변화할지는 쉼표를 한 땀씩 놓아두고 보고 싶기에 가벼운 염려를 따옴표에 두고 글을 마친다.

17 : 15. 03. 10. 2018 등작 燈酌 Dungzak Cestlavie

딸의 달 에너지와 부인의 오로라 에너지 그 후 아들의 태양 에너지를 모아

아침을 맞이한다. 가족이 보내준 옷 중에 가을,

이 시간에 태양으로 옷을 고른다.

동공의 수축과 빛의 산란에 박자를 맞추는 두뇌의 색채를 자유

롭게,

○

등작 燈酌 Dungzak Cestlavie, 예술 비평 0
(김인범 金仁範 Kim In Beom)

쉼표와 마침표가 없는 삶을 그는 살아온 듯 보인다. 표현의 순간에 폭발하듯 정신의 에너지가 담긴 작품들도 있지만, 자신의 것이 아닌 것을 불러들여 숨을 쉬지 않으며 계속하여 반복적인 기술적 연습을 한 작품들도 보인다. 그는 어쩌면 광기를 다스리는데, 실패하여 꿈꾸지 않고 잠을 자는 상태를 오랜 기간 보냈는지도 모른다. 그림의 연속성이, 예술의 초기에 일어났던 색채들에 대한 탐구와 관심이, 후반기로 갈수록 점점 사라져 가는 화면을 그림에 담지만, 그의 경험에 기초하고 상상을 절제한 심심함이 내일, 살아 있다면 어떻게 변화할지 예측하기 곤란하다. 입체적인 형태를 평면 성을 띤 색깔로 대체해 버리고 순식간에 끝내버린 것 같은 작품이 있는가 하면 색채들을 입체적 공간으로 만들어서 평면화로 오랜 시간 공들여서 이룬 작품을 보면 색채가 가진 중요성을 화가로서는 잘 알고 있었다는 추측을 하게 된다. 만일 그러한 작품이 지속하였다면 하는 아쉬움을 주지만, 그것은 오로지 그의 선택에 의한 예술이 예술로서의 장르가 필요하지 않기에 일어날 법하고, 예술의 기질 성질을 자유자재하기 위한 과정에 있다고 이해를 하게 될 만큼 작품의 양은 상당히 많다. 어떤 그림들은 시의 음률과 음악이 이루는 색채를 다루고 있다는 걸 인지하면 예술의 방향성에 대해서도 생각을 이루고 있다고 보인다. 이미지들의 숲에서 생활하고 일어나는 정신성을 현재에 대입하면 실패자의 모습처럼 느껴지지만, 예술가로서의 그가 원하는 자연에 대해 추상성으로 나아가는 시간의 에너지를 쓸모없이 소비하지 않는다는 걸 보면 그가 말하지 않고 보이면서 직접적인 작품으로 표현하는 순간이 어떨지는 침묵을, 평행선에 놓아둔다. 나는 이 화가가 두뇌에서 나오는 에너지의 시간과 예술을 향한 인간이 가진 영혼의 시간이 어떻게 충돌하는지 목격했었다. 예술은 그를 살리지 않았고 오히려 독으로서 여러 번 죽이려 해도 아랑곳하지 않고 아무렇지 않은 듯, 하루하루를 견뎌내는 걸 보며 의아함을 감출 수 없었다. 그 이유에 대해서는 질문을 하지 않았지만, 이 예술가가 계획된, 우주에 관한, 대한 신념을 가지고 있다는 것을 밤빛 꺼진 어느 날 촛불 앞에서 몽상할 수 있었다.

1 눈물은 절대
멈추지 않는다

예술가의 채무와 인간 욕망

초판 1쇄 발행 2022. 11. 24.

지은이 등작
펴낸이 차석호
펴낸곳 드림공작소

편집진행 김주영
디자인 최유리

펴낸곳 드림공작소
등록 제331-2019-000005호
주소 부산광역시 남구 수영로 298 산암빌딩 1001-198호 (대연동)

인쇄/유통/총판 주식회사 바른북스
주소 서울시 성동구 연무장5길 9-16, 301호 (성수동2가, 블루스톤타워)
대표전화 070-7857-9719

ⓒ 등작, 2022
ISBN 979-11-91610-06-2 03810